うきわがながれてきた!

あれ? うきわが ながれてるぞ
ザザ〜ン…
もうひとつ ながれてきた
うわわっ!!
うきわが
ブワワァ〜〜
海坊主《うみぼうず》ぷかり
こんにちは!
わあぁ〜〜〜!!
ワーッ

怪談 オウマガドキ学《がく》園《えん》

真夏《まなつ》の夜《よ》の水泳大会《すいえいたいかい》

怪談オウマガドキ学園編集委員会
責任編集・常光徹　絵・村田桃香 かとうくみこ 山﨑克己

どこかにあるけど
どこだかわからない
この世《よ》とあの世《よ》の
さかいめあたり

昼《ひる》と夜《よる》とがまじりあう
オウマガドキは
ふしぎの時間《じかん》

とびらがひらけば
そこが入《い》り口《ぐち》
クラスメートは
オバケと幽霊《ゆうれい》と妖怪《ようかい》と……
さあ、もうすぐ授業《じゅぎょう》がはじまるよ

オウマガドキ学園

「真夏《まなつ》の夜《よ》の水泳大会《すいえいたいかい》」の時間割《じかんわり》

ガンバレ

開《かい》会《かい》式《しき》
ドドドドドドドドド
ガヤ ガヤ
もうみんなあつまってる!

学園《がくえん》の広大《こうだい》なしき地《ち》をながれるオウマ川《がわ》の川岸《かわぎし》に、おおぜいの妖怪《ようかい》、幽霊《ゆうれい》たちがあつまっています。今日《きょう》は、学園《がくえん》こうれいの水泳大会《すいえいたいかい》です。毎年《まいとし》この日《ひ》を楽《たの》しみにしているオウマガドキ学園関係者《がくえんかんけいしゃ》も多《おお》く、今日《きょう》は卒業生《そつぎょうせい》、父母《ふぼ》、兄弟姉妹《きょうだいしまい》もこぞっておうえんにかけつけています。

川岸《かわぎし》に用意《ようい》された台《だい》の上《うえ》に、河童《かっぱ》の一平《いっぺい》があがりました。

「みなさん、こんばんは。月夜《つきよ》にもめぐまれた水泳大会《すいえいたいかい》、正々堂々《せいせいどうどう》とたたかい、日《ひ》ごろの練習《れんしゅう》の成果《せいか》を出《だ》すことをちかいます！　生徒代表《せいとだいひょう》、河童《かっぱ》の一平《いっぺい》」

つぎに河童巻三校長《かっぱまきぞうこうちょう》のあいさつです。

「みなさん、今年《ことし》もこの日《ひ》をぶじむかえることになりました。

この世《よ》の中《なか》のだれひとり水《みず》なしで生《い》きることはできません。わたしたちの学園関係者《がくえんかんけいしゃ》や知《し》りあいにも、雨《あめ》をふらせることのできるものや、池《いけ》や川《かわ》の主《ぬし》だといわれているものもおりますが、ざんねんながらそれはちょっと手《て》つだいをしているにすぎません。ほんとうに水界《すいかい》を支配《しはい》しているかたは、べつにおられます。

オウマ川《がわ》での水泳大会《すいえいたいかい》のこうれいですが、この水界《すいかい》を支配《しはい》している龍神様《りゅうじんさま》に、みんなで

いっしょに心《こころ》をこめて祈《いの》りをささげましょう」

そして、「龍神淵《りゅうじんぶち》」にお神酒《みき》と三方《さんぼう》にのせた波《なみ》の花《はな》（塩《しお》）とキュウリをそなえ、古式《こしき》にのっとったやりかたで、水《みず》の神《かみ》へのお祈《いの》りをしました。

「おだやかな天候《てんこう》とめぐみの雨《あめ》をおあたえください。大地《だいち》をゆるがすような大雨《おおあめ》や津波《つなみ》はおひかえください。わたしたちは日々《ひび》の生活《せいかつ》を正《ただ》し、怒《いか》りをかうようなことはけっしていたしません。どうぞ、この世界《せかい》をおまもりください」

するとオウマ川《がわ》にある「龍神淵《りゅうじんぶち》」がしずかにあわだったかと思《おも》うと、ぬっと龍《りゅう》が姿《すがた》をあらわしました。見《み》あげるほどの高《たか》さ、大《おお》きさです。

「龍神様《りゅうじんさま》〜」

マーメイドちゃんが、感激《かんげき》のあまり、手《て》をふりました。

「おー」

会場《かいじょう》のあちこちからは、ざわめきがおこりました。そして、そのあと大《おお》きな拍手《はくしゅ》がわきあがりました。しずかに龍神様《りゅうじんさま》が姿《すがた》をあらわすということは、みんなの祈《いの》りが聞《き》きとどけられたということなのです。

いつだったか、何度《なんど》やりなおしても龍神様《りゅうじんさま》があらわれなかったことが

ワーッ
ワーッ!
パチ
パチ
パチ
やった〜!
パチ
パチ
パチ
オー!
すご〜い!!

あり、その年《とし》は日照《ひで》りばかりで雨《あめ》がほとんどふらずに、妖怪世界《ようかいせかい》も人間《にんげん》界《かい》もたいへんだったそうです。また、あらわれ方《かた》があらあらしかった年《とし》には大雨《おおあめ》がふりつづいたり、津波《つなみ》がきたりして、その年《とし》もたいへんだったそうです。

最後《さいご》に海坊主《うみぼうず》つるりPTA《ピーティーエー》会長《かいちょう》からのあいさつです。

「わたしがPTA《ピーティーエー》会長《かいちょう》になって、はや八十年《ねん》。入学式《にゅうがくしき》、卒業式《そつぎょうしき》など晴《は》れがましいときばかりこの学園《がくえん》にやってきますが、なんといっても心《こころ》にひびくのは、水泳大会《すいえいたいかい》です。龍神様《りゅうじんさま》へのお祈《いの》りは、わたしのような海《うみ》にすむものにとっても、いつも身《み》のひきしまる思《おも》いです。また競技《きょうぎ》も、生徒《せいと》だったときには潜水《せんすい》の選手《せんしゅ》として出場《しゅつじょう》して、金《きん》メダルをとったのがいま

もわすれられません。みなさんも、日《ひ》ごろの練習《れんしゅう》の成果《せいか》をいかんなく発《はっ》揮《き》して、どうぞ、思《おも》い出《で》にのこる水泳大会《すいえいたいかい》にしてください！」

さあ、いよいよ水泳大会《すいえいたいかい》のはじまりです。

オウマガドキ学園《がくえん》に出《で》てくる

学《がく》園《えん》関《かん》係《けい》者《しゃ》紹《しょう》介《かい》

龍神様《りゅうじんさま》

オウマ川《がわ》にある龍神淵《りゅうじんぶち》という大《おお》きな淵《ふち》にすむ水《みず》の神《かみ》。水界《すいかい》の主《ぬし》。ふだんはおだやかだが、おこると大《だい》地《ち》を破壊《はかい》するような爆発力《ばくはつりょく》をもつ。海《うみ》、川《かわ》、湖《みずうみ》、池《いけ》などの水《みず》をよごしたり、そまつにあつかったりするものがいないか見《み》はっている。

海《うみ》坊《ぼう》主《ず》つるり

オウマガドキ学園《がくえん》のPTA会長《ピーティーエーかいちょう》。ふだんは海《うみ》にすんでいるが、入学式《にゅうがくしき》や卒業式《そつぎょうしき》などにはらいひんとしてあいさつをする。ときどき、海面《かいめん》に大《おお》きな頭《あたま》を出《だ》して人間《にんげん》たちをびっくりさせることがある。

みんなの前《まえ》にあらわれるときは仮《かり》のすがた。海《うみ》にいるときは10メートル以上《いじょう》の大《おお》きさ。

ゆかいで楽《たの》しい
オウマガドキ学園《がくえん》の

生《せい》徒《と》紹《しょう》介《かい》

マーメイドちゃん

ヨーロッパ生《う》まれの人魚《にんぎょ》の子《こ》。王子《おうじ》さまに恋《こい》して、人間《にんげん》の足《あし》を手《て》に入《い》れたけど、最後《さいご》はあわになってきえた人魚《にんぎょ》姫《ひめ》も遠《とお》い親《しん》せきらしい。だから「人間《にんげん》の男《おとこ》に恋《こい》してはいけない」と、小《ちい》さいころからきびしく教《おし》えられている。

アズキトギショキショキ

いつも陽気《ようき》で明《あか》るい。ギャグが好《す》き。でも、ときどき調子《ちょうし》にのりすぎる。川《かわ》の橋《はし》のたもとであずきをあらうときも、つい笑《わら》いながらうたってしまう。アズキトギザクザク先生《せんせい》はおばさんにあたる。

1時《じ》間《かん》目《め》

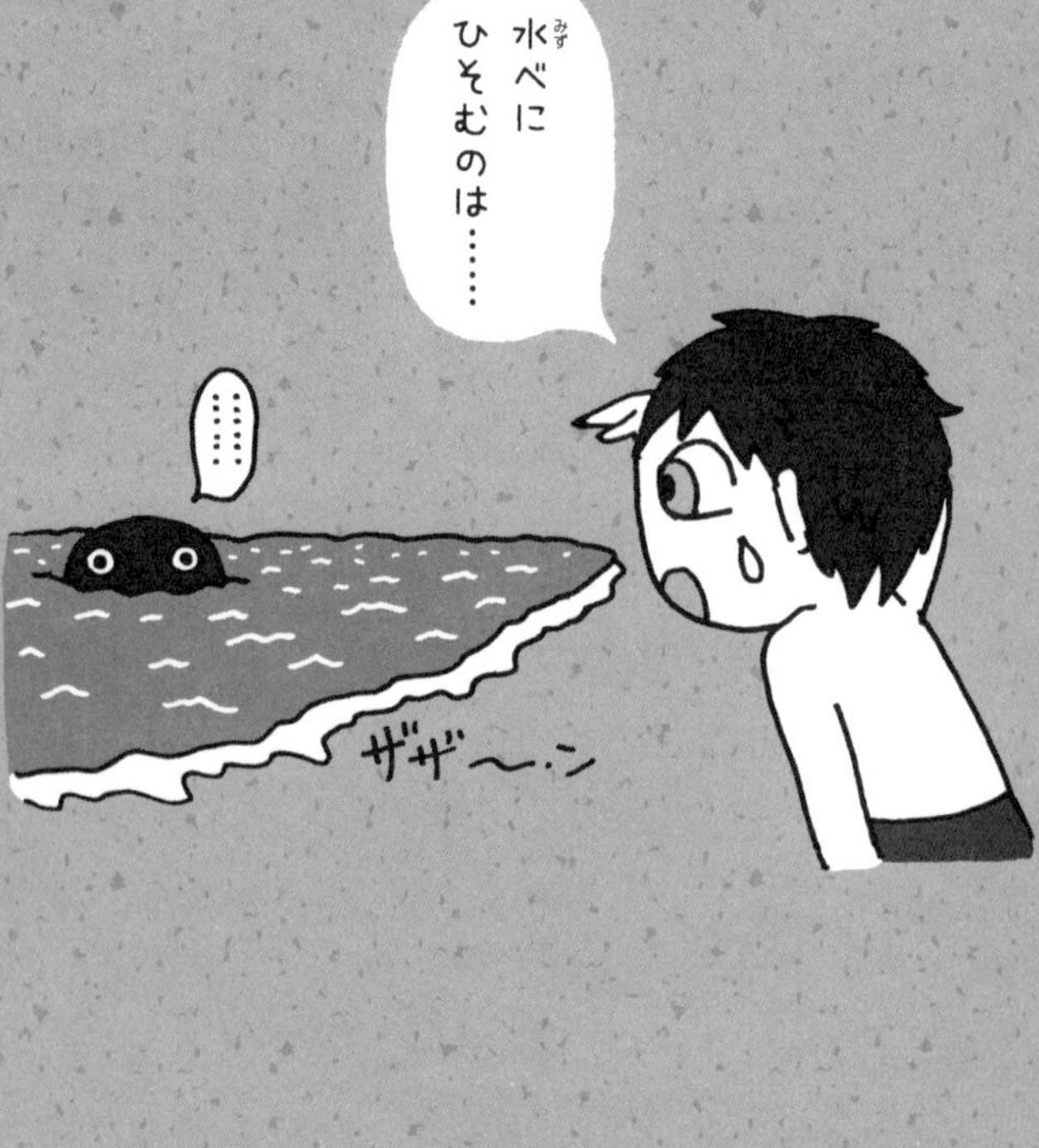

河原《かわら》の足音《あしおと》

岡野久美子《おかのくみこ》

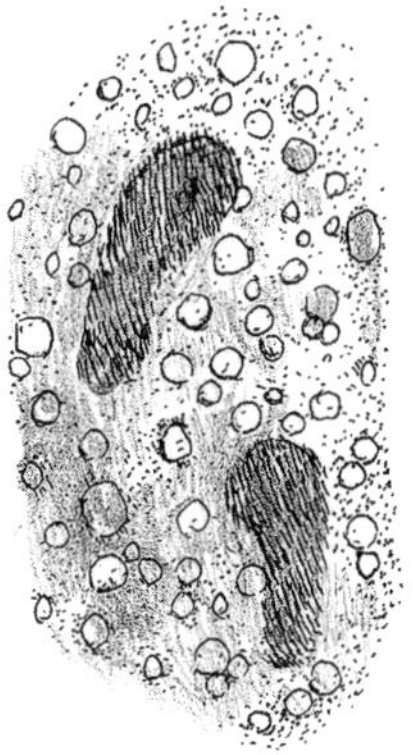

社員食堂《しゃいんしょくどう》で後輩《こうはい》と飯《めし》を食《く》っていて、連休《れんきゅう》の予定《よてい》を聞《き》かれた。

「先輩《せんぱい》はどうやってすごすんですか？」

「釣《つ》りに行《い》こうと思《おも》ってるんだ」

「釣《つ》り？」

「そう、おれ、釣《つ》りが趣味《しゅみ》だから」

「へえー、しらなかった。おもしろそうですね」

「うん。おれがやるのは、川釣《かわづ》り。車《くるま》で近《ちか》くまで行《い》って、河原《かわら》にテントはって、とまるんだよ」

「つった魚《さかな》はどうするんですか？」

「もちろん、火《ひ》をおこしてやいて食《た》べるんだよ。超《ちょう》うまいぞ」

「いいなー、今度《こんど》つれていってくださいよ。ちなみに、今回《こんかい》はどこに行《い》くんですか？」

「A川《エーがわ》だよ。はじめて行《い》くんだけどね。土《ど》曜日《ようび》に出発《しゅっぱつ》して、月曜日《げつようび》に帰《かえ》ってくるかな」

「二泊《はく》するんですね。楽《たの》しんできてください」

連休《れんきゅう》に入《はい》ると、おれは愛車《あいしゃ》のミニバンに、キャンプ用品《ようひん》と釣《つ》りの道具《どうぐ》一式《いっしき》をつんで、A川《エーがわ》にむかった。

つれそうなポイントはあらかじめネットでしらべてある。おれは近《ちか》くまで行《い》くと、車《くるま》をとめた。めざす河原《かわら》は、ずっと下《した》にある。

(さあ、ここからは歩《ある》きだ)

ずっしりと重《おも》い道具《どうぐ》を背《せ》おい、やぶになった斜面《しゃめん》をおりていく。

「おっと、あぶない!」

おれは、何度《なんど》もころびそうになりながら、河原《かわら》についた。テントをくみたてると、さっそく釣《つ》りをはじめる。
ところが、その日《ひ》はまったく魚《さかな》がかからなかった。
（あしたはもっと上流《じょうりゅう》に行《い》ってみるかな。えーっと……）
ネットで地図《ちず》を見《み》ようとして、気《き》がついた。
（ちっ、だめだ。ここは電波《でんぱ》がとどかない。あした、移動《いどう》してしらべよう）
おれはレトルトのカレーを食《く》って、はやくねた。
そして、夜中《よなか》、なにかの音《おと》で目《め》がさめた。
ザクッ　ザクッ
（えっ？　足音《あしおと》？）

ザクッ
ザクッ

川《かわ》のながれる音《おと》にまじって、だれかが歩《ある》いているような音《おと》が聞《き》こえる。
(この河原《かわら》にはおれしかいなかったはずだ！　いったいだれが、こんな夜中《よなか》に歩《ある》いているんだ？)
足音《あしおと》が近《ちか》づいてくる。
ザクッ　ザクッ　ザクッ
(げげっ！　テントのまわりをまわっているぞ！　こいつ、なにする気《き》なんだ……)
ザクッ　ザクッ　ザクッ
びびっているうちに、足音《あしおと》は遠《とお》ざかっていった。すっかり頭《あたま》がさえたおれは、もうねむれなくなった。夜《よ》があけるのを待《ま》って、そろそろとテントから出《で》る。

（へんだぞ……）

テントのあたりは、砂利《じゃり》まじりの土《つち》だ。だれか歩《ある》けば、とうぜん足《あし》あとがつく。ところが、おれのくつのあとしかないのだ。

（なんだか、きみが悪《わる》いな）

もう釣《つ》りをつづける気《き》もない。おれは荷物《にもつ》をかたづけると、おおいそぎで家《いえ》に帰《かえ》ってきた。

「あぁー、つかれた。せっかく楽《たの》しみにしてたキャンプと釣《つ》りだったのになあ……。今回《こんかい》はさんざんだった」

ぼやきつつ、ベッドにもぐりこむ。昨夜《さくや》はあまりねられなかったせい

で、おれはぐっすりねこんでしまった。

そして携帯《けいたい》の着信音《ちゃくしんおん》におこされた。

「先輩《せんぱい》、ずっと連絡《れんらく》がとれなかったから、心《しん》配《ぱい》してたんですよ。ぶじでよかった！」

電話《でんわ》は後輩《こうはい》からだった。たしかにメールや不在着信《ふざいちゃくしん》が山《やま》のように入《はい》っている。

「気《き》がつかなくて、ごめんな。でも、ぶじってどういうことだ？」

「えっ、しらなかったんですか？　A《エー》川上流《がわじょうりゅう》でゲリラ豪雨《ごうう》があって、かなりの被害《ひがい》が出《で》ているんですよ」
あわててテレビをつけると、だく流《りゅう》の映像《えいぞう》がうつっていた。見《み》ている
うちに、背筋《せすじ》がこおった。
（ここは、おれがキャンプしてた場所《ばしょ》だ……。あのまま、帰《かえ》らずにいた
ら……）

浅瀬《あさせ》の洗濯女《せんたくおんな》

岩倉千春《いわくらちはる》

むかし、スコットランドのある村《むら》のはずれに、デイジーという娘《むすめ》がいた。おさないころに父親《ちちおや》が亡《な》くなり、農場《のうじょう》を親《しん》せきにだましとられて、母《はは》とふたりのまずしいくらしだった。体《からだ》の弱《よわ》い母親《ははおや》はねこんでいることが多《おお》かったが、元気《げんき》なときには近所《きんじょ》の人《ひと》の仕事《しごと》を手《て》つだって、なんとかくらしをたてていた。

ある年《とし》の秋《あき》、デイジーは、となり村《むら》の大《おお》きな農場《のうじょう》へかりいれの手《て》つだいにいった。仕事《しごと》はたいへんだったが、友《とも》だちもたくさんできて、デイジーは毎日楽《まいにちたの》しくはたらいた。

やがてかりいれがすんで、家《いえ》へ帰《かえ》る日《ひ》になった。デイジーはうきうきと自分《じぶん》の村《むら》への道《みち》をたどりはじめた。

(思《おも》ったよりもたくさん手間賃《てまちん》をもらえたわ。お母《かあ》さんがよろこぶだろうな)

いなかの一本道《いっぽんみち》をしばらく歩《ある》いていくと、大《おお》きな湖《みずうみ》のそばをとおる。湖《みずうみ》の岸《きし》には、ずっと前《まえ》から廃墟《はいきょ》になっている古《ふる》いお城《しろ》があって、遠《とお》くからもよく見《み》える。

お城《しろ》が見《み》えてくると、デイジーは思《おも》わず早足《はやあし》になった。そこをとおりすぎれば、家《いえ》はもうすぐだ。

お城《しろ》の近《ちか》くにさしかかると、物音《ものおと》が聞《き》こえてきた。

トントントン
なにかをたたくような音《おと》だ。

(だれか洗濯《せんたく》でもしているのかしら。でも、今日《きょう》は日曜日《にちようび》よ。神様《かみさま》がきめた安息日《あんそくび》だから、仕事《しごと》をしてはいけないのに……)

そう思《おも》いながら古城《こじょう》のわきをとおりすぎたとき、湖《みずうみ》の岸《きし》で洗濯《せんたく》をしている女《おんな》の姿《すがた》が目《め》に入《はい》った。

トントントン
長《なが》い髪《かみ》を背中《せなか》にたらした女《おんな》が、石《いし》の上《うえ》に服《ふく》をおいて棒《ぼう》でたたいてあ

らっている。きれいな横顔《よこがお》はなんだか笑《わら》って
いるようだ。
(だれかしら。見《み》かけない人《ひと》ね)
わきの草《くさ》の上《うえ》にはシャツや上着《うわぎ》がおいて
あった。
(まあ、たくさんあるわね)
デイジーは歩《ある》きながら目《め》でかぞえてみた。
(ぜんぶで十六まいも。どれもずいぶんよご
れてる。あっ、あれは……)
よく見《み》ると、どの服《ふく》にもべったりと血《ち》がつ

いていた。
そのとき、洗濯《せんたく》をしていた女《おんな》がデイジーのほうをふりむいた。そして、血走《ちばし》った真《ま》っ赤《か》な目《め》でデイジーを見《み》て、にっと笑《わら》った。
デイジーはぎょっとしてかけだした。無我夢中《むがむちゅう》で走《はし》って家《いえ》にかけこむと、ふらふらとたおれてしまった。
「デイジー、デイジー、どうしたの？」

気《き》がつくと、お母《かあ》さんが顔《かお》をのぞきこんでいた。

「ああ、お母《かあ》さん。とてもこわかったの」

「だいじょうぶかい？　なにがあったの？」

「もうだいじょうぶよ。これから話《はな》すわ」

小《ちい》さな家《いえ》の中《なか》は昼間《ひるま》でもうすぐらい。

「お母《かあ》さん、外《そと》へ行《い》きましょう。くらいところで話《はな》すのは、なんだかこわいの」

「いいよ。今日《きょう》はお天気《てんき》がいいからね」

ふたりは野原《のはら》の中《なか》の道《みち》を村《むら》のほうへ歩《ある》いた。歩《ある》きながら、デイジーは、さっき湖《みずうみ》の岸《きし》でみた光景《こうけい》を母親《ははおや》に話《はな》しはじめた。

村《むら》の教会《きょうかい》の近《ちか》くまでくると、賛美歌《さんびか》の声《こえ》が聞《き》こえてきた。と、とつぜん、

ドドーン

大《おお》きな音《おと》がして地面《じめん》がゆれ、土《つち》けむりが一面《いちめん》に立《た》ちこめた。雲《くも》のようなほこりの中《なか》から、男《おとこ》がひとり、血《ち》まみれになって歩《ある》いてきた。

「教会《きょうかい》の屋根《やね》がおちたんだ。けが人《にん》がたくさんいる。おれはだいじょうぶだから、行《い》って助《たす》けてやってくれ」

ふたりは教会《きょうかい》へといそいだ。教会《きょうかい》には村《むら》の人《ひと》たちがあつまってきていて、けが人《にん》を助《たす》けだしていた。亡《な》くなった人《ひと》もいるようだった。けが人《にん》の中《なか》に、いとこのジョンがいた。ふたりはジョンを両脇《りょうわき》からささえて家《いえ》

につれていき、手当《てあ》てをしてやった。

あとでようすを聞《き》きにいった母親《ははおや》がいった。

「屋根《やね》の下《した》じきになって十六人《にん》も亡《な》くなったそうだよ。けが人《にん》はもっとたくさんいるそうだ」

「十六人《にん》……。わたしが湖《みずうみ》のそばで見《み》た洗濯物《せんたくもの》の数《かず》とおなじだわ」

「お前《まえ》が見《み》たのは、死《し》の前《まえ》ぶれだったんだね。『浅瀬《あさせ》の洗濯女《せんたくおんな》』といってね、湖《みずうみ》や川《かわ》べりにあらわれて、もうすぐ死《し》ぬ人《ひと》の服《ふく》をあらうんだというういいつたえがあるんだよ」

デイジーと母親《ははおや》が手《て》あつく世話《せわ》をしたおかげで、やがてジョンは元気《げんき》になった。その後《ご》、デイジーはジョンと結婚《けっこん》してしあわせにくらした。

休《やす》み時間《じかん》
水《すい》泳《えい》大《たい》会《かい》
い〜ち.
に〜.
コテンッ
首《くび》の運動《うんどう》やりすぎた
だいじょうぶ?

準備体操《じゅんびたいそう》

キジムナー先生《せんせい》といっしょに準備体操《じゅんびたいそう》。

2時《じ》間《かん》目《め》

鯉《こい》の恋《こい》

時海結以《ときうみゆい》

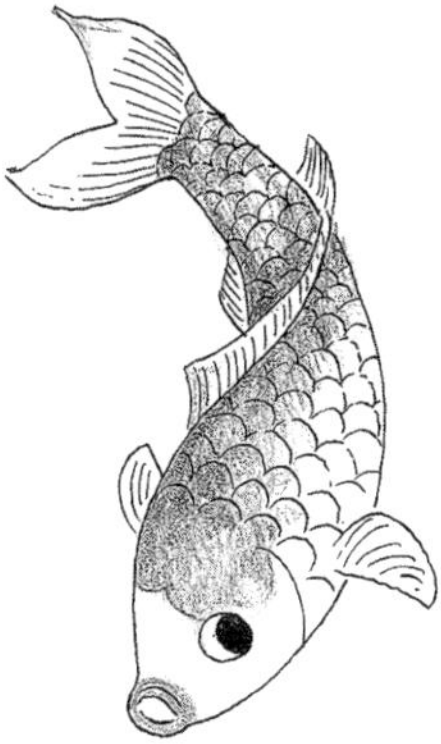

むかしむかし、河内《かわち》の国《くに》（いまの大阪府南部《おおさかふなんぶ》）に、内介《ないすけ》という川魚漁《かわうおりょう》師《し》のわかものがいた。
あるとき、川《かわ》でとった鯉《こい》の中《なか》に、うろこに、波《なみ》がうずまくようなきれいなもようのある、メスの鯉《こい》がいた。
内介《ないすけ》は気《き》に入《い》って「ともえ」と名《な》づけ、売《う》らずに自分《じぶん》の家《いえ》の池《いけ》でかうことにした。ときどきは「ともえ」を、池《いけ》から、たらいにうつして部屋《へや》

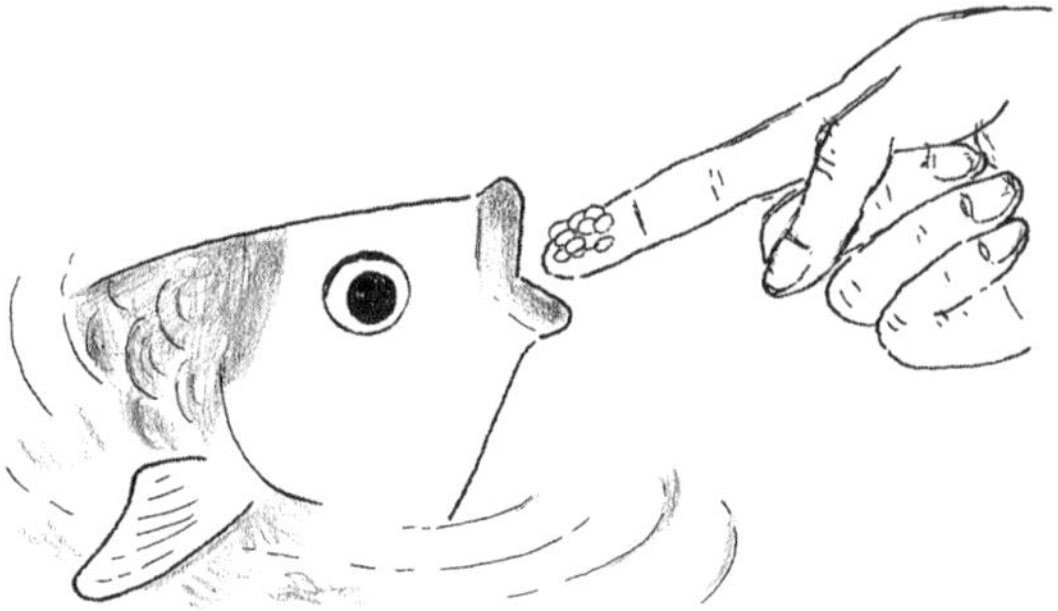

にあげ、ご飯《はん》つぶを指先《ゆびさき》にのせては食《た》べさせて、かわいがった。

それから十数年《すうねん》。

鯉《こい》の「ともえ」は、十四、五歳《さい》の娘《むすめ》の背《せ》たけとかわらないほどに、大《おお》きくそだった。池《いけ》も広《ひろ》げ、毎日《まいにち》池《いけ》のほとりで、内介《ないすけ》は「ともえ」に、指《ゆび》でつまんだご飯《はん》をあげた。「ともえ」は、はしゃいでいるみたいに水《みず》を尾《お》びれではねておよいでくると、内介《ないすけ》の指《ゆび》に口《くち》ですいつくようにして、ご飯《はん》を食《た》べる。

そして、三十歳《さい》をすぎた内介《ないすけ》も、ようやく結婚《けっこん》して、お嫁《よめ》さんが家《いえ》にやってきた。

結婚《けっこん》して二、三日《にち》した夜《よる》、内介《ないすけ》が夜《よる》の漁《りょう》に出《で》ているときのことだった。

波《なみ》がうずまくもようのある、水色《みずいろ》の着物《きもの》を着《き》た美女《びじょ》が、家《いえ》の裏口《うらぐち》におしかけてきた。

「わたしはともえ、内介《ないすけ》さんの妻《つま》です。どうしてあなたが、かってにお嫁《よめ》さんになっているの」

と、おこった顔《かお》で、内介《ないすけ》のお嫁《よめ》さんにいう。

いきなりそんなことをいわれて、お嫁《よめ》さんもどなりかえした。
「わたしが、内介《ないすけ》の妻《つま》よ！」
美女《びじょ》は、つめたい目《め》になった。
「そういいはるのなら、三日《みっか》だけあげます。三日以内《みっかいない》に、離婚《りこん》して、実家《じっか》にもどりなさい。わたしは三日後《みっかご》、内介《ないすけ》さんをむかえにきます。ほかの女《おんな》と結婚《けっこん》するなんて……大波《おおなみ》をおこして、この家《いえ》を水《みず》の底《そこ》にしずめ、内介《ないすけ》さんはもう陸《りく》へ帰《かえ》さないわ」

お嫁《よめ》さんは腹《はら》を立《た》てて、内介《ないすけ》が帰《かえ》ってきたとたん、このことをまくしたてた。

「あなた、わたしのほかに妻《つま》がいるって、どういうこと?」

まったく身《み》におぼえのない内介《ないすけ》は、とりあわなかった。

「こんなにまずしい、美男《びなん》でもない、気弱《きよわ》なおれが、そんなに女《おんな》の人《ひと》にもてるもんか。お前《まえ》、夢《ゆめ》でも見《み》たんだろ?　そんな人《ひと》、ぜんぜんしらないよ」

お嫁《よめ》さんは、しぶしぶなっとくした。

つぎの夜《よる》、漁《りょう》に出《で》た内介《ないすけ》の小舟《こぶね》に、娘《むすめ》の背《せ》たけほどもある大《おお》きな鯉《こい》が、いきおいよく近《ちか》よってきた。

鯉《こい》の立《た》てた波《なみ》で小舟《こぶね》はひっくりかえり、内介《ないすけ》は川《かわ》におちた。じゃれついてきた鯉《こい》は、大《おお》きな口《くち》で内介《ないすけ》にすいつき、水《みず》の中《なか》でいっしょに遊《あそ》ぼうとする。

息《いき》ができなくなった内介《ないすけ》は、鯉《こい》をなぐってひきはなし、やっとのことで岸《きし》におよぎついて、助《たす》かった。

「あの鯉《こい》……うろこにきれいなもようがあった……」

ともえ

「ともえ」のことを、内介《ないすけ》は思《おも》いだした。
「そういえば、このごろ、『ともえ』をゆっくりかまってやっていないなあ。嫁《よめ》さんがくるんで、その分《ぶん》まで、米《こめ》やおかずを買《か》うお金《かね》をかせぐのに、いそがしかったからな」
気《き》になって、内介《ないすけ》が家《いえ》の池《いけ》をのぞいてみると、「ともえ」がどこにもいない。
「『ともえ』……きれいだったから、ぬすまれてしまったのか！」

すると、お嫁《よめ》さんが家《いえ》の中《なか》から出《で》てきて、たずねた。

「あなた、びしょぬれよ。どうしたの」

「大《おお》きな鯉《こい》が近《ちか》づいてきて、舟《ふね》がひっくりかえったんだ。『ともえ』みたいに、波《なみ》がうずまくもようのある……」

お嫁《よめ》さんが「あっ」とさけんだが、かまわず、内介《ないすけ》は話《はなし》をつづけた。

「それで、『ともえ』を思《おも》いだしたんだけど、『ともえ』が池《いけ》にいないんだ」

「な、なにをいっているの、あなた。川《かわ》にいたその鯉《こい》が『ともえ』よ！」

「ここから川《かわ》まで、どうやって行《い》った？　魚《さかな》に足《あし》が生《は》えて、歩《ある》いたとでもいうのかい？」

「そ……そのとおりよ、きっと……」

お嫁《よめ》さんはふるえだし、いきなり荷物《にもつ》をまとめて、実家《じっか》に帰《かえ》ってしまった。

二日後《ふつかご》の明《あ》け方《がた》。雨《あめ》もふらないのに、とつぜん川《かわ》があふれ、内介《ないすけ》はひとり、家《いえ》ごと川《かわ》の水《みず》にのまれてきえた。

バラ色《いろ》の水《みず》の泉《いずみ》

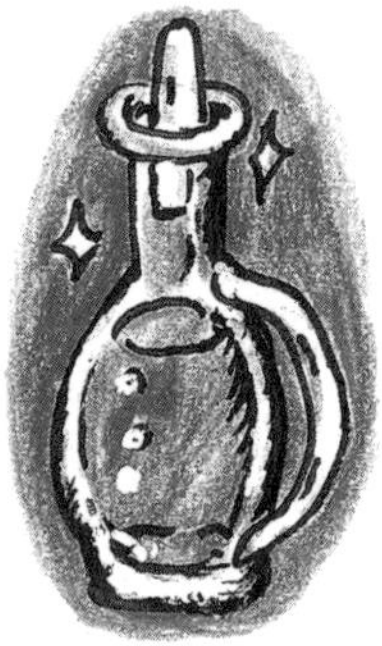

新倉朗子《にいくらあきこ》

コルシカ島《とう》のアレリアという町《まち》に王様《おうさま》のように金持《かねも》ちの男《おとこ》がいた。しかし、男《おとこ》は年《とし》をとってから目《め》が見《み》えなくなった。男《おとこ》は三人《にん》の息子《むすこ》をよんでこういった。

「お前《まえ》たちのうち、わたしの目《め》が見《み》えるようになおしてくれたものに、全財産《ぜんざいさん》をやろう」

息子《むすこ》たちは旅《たび》に出《で》てあちこち評判《ひょうばん》の高《たか》い医者《いしゃ》をさがしまわったが、だ

れひとり父親《ちちおや》の視力《しりょく》を回復《かいふく》させることのできるものはいなかった。
そんなある日《ひ》のこと、物知《ものし》りの医者《いしゃ》が金持《かねも》ちの男《おとこ》をたずねてきていった。
「医者《いしゃ》の力《ちから》では視力《しりょく》を回復《かいふく》させることはできません。ただ、バラ色《いろ》の水《みず》の泉《いずみ》からくんだ水《みず》だけがなおすことができるでしょう。ふたたびものが見《み》えるようになるには、あのふしぎな泉《いずみ》の水《みず》が数滴《すうてき》あればたりるはずです」
三人《にん》の息子《むすこ》はすぐにその泉《いずみ》に行《い》きます、と

いったものの、いったいどこにその泉《いずみ》があるのかはだれもしらなかった。

それでも息子《むすこ》たちは泉《いずみ》をさがす旅《たび》に出《で》た。三人《にん》はそれぞれべつの道《みち》を行《い》った。

長男《ちょうなん》は長《なが》いこと歩《ある》いたすえに、子《こ》どもをだいた女《おんな》に出会《であ》った。

「どこへおいでになるの？」

「関係《かんけい》ないだろ。そんなことをお前《まえ》にいわなけりゃならないのか」

「まあ、それならあなたの運命《うんめい》のみちびくままにお行《い》きなさい」

長男《ちょうなん》はそのまま歩《ある》きつづけて泉《いずみ》にたどりついたが、泉《いずみ》をまもるライオンやヘビに食《く》い殺《ころ》されてしまった。

次男《じなん》も歩《ある》いていくとちゅうで子《こ》どもをだいた女《おんな》に出会《であ》った。

「どこへおいでになるの？」

「失礼《しつれい》なやつだ。知《し》りたがりめ。人《ひと》のことに口出《くちだ》しするなんて」

「まあ、それなら口出《くちだ》ししないでおきましょう」

次男《じなん》は歩《ある》きつづけたあげく泉《いずみ》にたどりついたが、兄《あに》とおなじように泉《いずみ》をまもる獣《けもの》たちに食《く》い殺《ころ》された。

三番目《ばんめ》の末息子《すえむすこ》も旅《たび》のとちゅうで子《こ》どもをだいた女《おんな》に出会《であ》った。

「どこへおいでになるの？」

「目《め》が見《み》えなくなった父親《ちちおや》の病《やまい》をなおすために、バラ色《いろ》の水《みず》の泉《いずみ》へ行《い》って、このビンに水《みず》をくんできたいのです」

「それでその泉《いずみ》がどこにあるのかしっているの？」

「いいえ、しりません。でも病気《びょうき》の父親《ちちおや》のためにがんばろうと思《おも》います。一生《いっしょう》けんめいにさがせば、きっとそのふしぎな泉《いずみ》を見《み》つけられるでしょう」

「そうよ、そのやさしい気持《きも》ちがきっと助《たす》けてくれるわ。この道《みち》をまっすぐ行《い》けば泉《いずみ》につくことができます。ただ泉《いずみ》をまもるどうもうな野獣《やじゅう》がいるから、この蝋《ろう》のかたまりをもってお行《い》きなさい。野獣《やじゅう》たちがおそっ

てきたら、すこしずつこの蝋《ろう》をちぎってあたえるのです。そうすれば蝋《ろう》の毒《どく》で野獣《やじゅう》を殺《ころ》すことができます。ビンに水《みず》をいっぱいくんだら、もどってから大事《だいじ》に保存《ほぞん》するのですよ。その水《みず》はほんの数滴《すうてき》で死《し》んだものを生《い》きかえらせることができるのですから」

女《おんな》は聖母《せいぼ》マリアで、だかれた子《こ》どもはイエスだったのだ。

末息子《すえむすこ》は歩《ある》きつづけて、とうとうバラ色《いろ》の水《みず》の泉《いずみ》を見《み》つけた。

野獣《やじゅう》のおそろしいうなり声《ごえ》と、ひゅうひゅういうするどい声《こえ》が聞《き》こえてきた。巨大《きょだい》な大蛇《だいじゃ》がおそいかかってきたが、蝋《ろう》をちぎってあたえると、大蛇《だいじゃ》はたちまち雷《かみなり》にうたれたように死《し》んだ。

ほかの野獣《やじゅう》たちにも蝋《ろう》をあたえるとたちまち死《し》んだ。末息子《すえむすこ》は泉《いずみ》に近《ちか》づいてビンに泉《いずみ》の水《みず》をいっぱいくんだ。

そして、家《いえ》にもどると、なんということか父親《ちちおや》は数日前《すうじつまえ》に亡《な》くなっていた。

だが末息子《すえむすこ》は泉《いずみ》へ行《い》くとちゅうで会《あ》った女《おんな》の言葉《ことば》を思《おも》いだした。

それですぐに墓《はか》をあけ、泉《いずみ》の水《みず》をそそいでみると父親《ちちおや》は生《い》きかえり、やがておきあがって目《め》をあけて話《はな》しはじめた。

家族《かぞく》のよろこびとおどろきははかりしれなかった。この奇跡《きせき》を聞《き》いた町《まち》の人《ひと》びともみん

なおどろいて、末息子《すえむすこ》を聖人《せいじん》としてあがめた。

この息子《むすこ》が生《い》きているあいだ、アレリアの町《まち》ではだれひとり死《し》ぬものがいなくなった。瀕死《ひんし》の病人《びょうにん》も泉《いずみ》の水《みず》を数滴《すうてき》たらすだけでおきあがったからだった。

ざんねんなことに、息子自身《むすこじしん》に泉《いずみ》の水《みず》が必要《ひつよう》になったとき、ビンは空《から》っぽになっていた。しかし息子《むすこ》はすでに高齢《こうれい》になっていたので、命《いのち》に未練《みれん》はなくやすらかに目《め》をとじたそうだ。

水《すい》泳《えい》大《たい》会《かい》

休《やす》み時《じ》間《かん》

川流《かわなが》れ競争《きょうそう》

水《みず》にうかんで、はやい流《なが》れにのったり
石《いし》をよけたりして川《かわ》をくだり、スピードをきそう。
おそくてもうかびかたがいいと賞《しょう》がもらえる。
うき輪《わ》の使用《しよう》も可《か》。

3時《じ》間《かん》目《め》

浪小僧《なみこぞう》

久保華誉《くぼかよ》

むかしむかし、静岡《しずおか》の話《はなし》だ。海《うみ》からそう遠《とお》くないところに、長助《ちょうすけ》という男《おとこ》の子《こ》が、母親《ははおや》とくらしていた。父親《ちちおや》は、何年《なんねん》も前《まえ》に病気《びょうき》で亡《な》くなっている。長助《ちょうすけ》は、村《むら》でも評判《ひょうばん》の親孝行者《おやこうこうもの》で、母親《ははおや》を助《たす》けてよくはたらいた。

そんなある日《ひ》のこと、田植《たう》えにむけて長助《ちょうすけ》は、一生《いっしょう》けんめいに田《た》んぼをたがやしていた。そろそろひと休《やす》みしようと、どろだらけの足《あし》を近《ちか》く

の水路《すいろ》であらいはじめた。すると、

「もしもし」

と声《こえ》がした。声《こえ》のするほうにふりかえってもだれもいない。ふしぎだな、気《き》のせいかと足《あし》をあらっていると、

「どうぞお助《たす》けください」

とまた声《こえ》がする。あちこち見《み》まわすと、水路《すいろ》の草《くさ》の上《うえ》に、親指《おやゆび》くらいの小《ちい》さな子《こ》どもがすわっていた。

小《ちい》さな子《こ》どもは、

「わたしは、この近《ちか》くの海《うみ》にすむ浪小僧《なみこぞう》ともうします」

と話《はな》しはじめた。

「つねづね海《うみ》からあがって、こちらの世界《せかい》を見《み》てみたいと思《おも》っておりました。すると先日《せんじつ》、大雨《おおあめ》がふりました。そのとき、あたり一面水《いちめんみず》びたしなのをいいことに、海《うみ》から陸《りく》へうかれでて、こんなところまでまいりました。とこ
ろが、その後《ご》は何日《なんにち》も雨《あめ》がふりません。地面《じめん》もすっかりかわいてしまいました。道《みち》もわからず、とても帰《かえ》れません。どうぞ海《うみ》までおつれください」

浪小僧《なみこぞう》は、立《た》ちあがる元気《げんき》もなくすわりこ

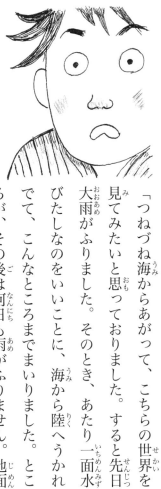

んでいる。長助《ちょうすけ》は、浪小僧《なみこぞう》を気《き》の毒《どく》に思《おも》って、

「そうだったの。すぐに海《うみ》につれていってあげるよ」

とこたえた。長助《ちょうすけ》は、浪小僧《なみこぞう》を自分《じぶん》の手《て》のひらにのせて、海《うみ》にむかって歩《ある》きだした。

海《うみ》につくと、浪小僧《なみこぞう》は大《おお》よろこび。元気《げんき》をとりもどしたようで、

「ほんとうにありがとうございました」

と、ぴょこんと頭《あたま》をさげると、あっというまに波《なみ》のあいだを走《はし》りさっていった。

ところが、そのまま雨《あめ》のふらない日《ひ》が何日《なんにち》もつづいた。せっかく田植《たう》えを終《お》えたものの、長助《ちょうすけ》の家《いえ》の田《た》んぼの水《みず》もひあがっている。苗《なえ》もこの

ままではかれそうだ。長助《ちょうすけ》は、なすすべもなく、海《うみ》べにぼんやりとすわりこんでしまった。すると波《なみ》にのって、ちょこまかとこちらに走《はし》ってくるものがある。浪小僧《なみこぞう》だった。

「このあいだは、ありがとうございました。なにやらうかないお顔《かお》をなさっていますが、どうしたのですか？」

長助《ちょうすけ》は、

「じつは日照《ひで》りがつづいて、田《た》んぼにひく

水《みず》がひあがってしまって。わたしの家《いえ》の苗《なえ》もかれてしまいそうなんだ」

と話《はな》した。すると浪小僧《なみこぞう》は、

「それは一大事《いちだいじ》ですね。でもおまかせください。わたしの父《ちち》は、雨《あま》ごいの名人《めいじん》です。父《ちち》にたのんでみましょう。すぐに雨《あめ》がふりますよ」

とこたえた。

長助《ちょうすけ》はよろこんでお礼《れい》をいうと、浪小僧《なみこぞう》は、

「わたしも、ご恩《おん》がえしができてうれしいです。これからは前《まえ》もって、雨《あめ》がふるときに東南《とうなん》で波《なみ》をならします。雨《あめ》があがるときには、西南《せいなん》で波《なみ》をならしておしらせしましょう。それでは、お達者《たっしゃ》で」

とおじぎをした。そして、またたくまに、波《なみ》のあいだに姿《すがた》をけしてし

まった。

それから長助《ちょうすけ》が家《いえ》に帰《かえ》ろうと歩《ある》きはじめると、ぽつん、ぽつんと雨《あま》つぶがおちてきた。そして、あっというまに本《ほん》ぶりになった。雨《あめ》はじゅうぶんにふったので、すぐに田《た》んぼは水《みず》でみたされ、苗《なえ》も元気《げんき》をとりもど

した。長助《ちょうすけ》は、浪小僧《なみこぞう》の話《はなし》を村《むら》の人《ひと》びとにした。波《なみ》の音《おと》で雨《あめ》の知《し》らせがわかることもつたえた。

以来《いらい》、この地方《ちほう》では、浪小僧《なみこぞう》のいったとおりに波《なみ》が「ゴゴゴゴゴ」となる方角《ほうがく》で、天気《てんき》をしることができるようになったという。

嵐《あらし》の夜《よ》の渡《わた》し

高津美保子《たかつみほこ》

ちょっとむかし、オーストリアのある村《むら》に住《す》むおじいさんのふしぎな体験《たいけん》だ。

トーマスじいさんは、川《かわ》のほとりに住《す》み、川《かわ》をわたりたいという人《ひと》がいれば、自分《じぶん》の小舟《こぶね》を出《だ》して、川《かわ》をわたしてやるのが仕事《しごと》だった。橋《はし》はないし、とても歩《ある》いてはわたれないような川《かわ》だったから、村人《むらびと》たちはみんなじいさんの世話《せわ》になっていた。

たいしてもうかる仕事《しごと》でもなかったが、親《おや》の代《だい》からの仕事《しごと》だったし、じいさんはこの仕事《しごと》にほこりをもっていたから、どんな天気《てんき》の日《ひ》でもわたりたいという人《ひと》がいれば、舟《ふね》を出《だ》していた。

ある嵐《あらし》の晩《ばん》のことだった。

今日《きょう》はもう川《かわ》をわたる人《ひと》もいないだろうと思《おも》って、トーマスじいさんは、はやくに仕事《しごと》をきりあげ、いつもよりはやくベッドに横《よこ》になった。

ひとねいりしたころ、なにやら名前《なまえ》をよばれているような気《き》がして、目《め》をさました。

「何時《なんじ》だろう」

と、ランプをつけて時計《とけい》を見《み》ると、ちょうど真夜中《まよなか》をすぎたころだった。

外《そと》は雨風《あめかぜ》が強《つよ》く、風《かぜ》のひゅーひゅーいう音《おと》、雨《あめ》がぴしゃぴしゃと木《き》のドアにうちつけられる音《おと》、波《なみ》がばしゃんばしゃんとうちあう音《おと》、川岸《かわぎし》の木々《きぎ》のこすれる音《おと》にまじって、ときどき、

「おーい、トーマス、おーい！」

とよぶ声《こえ》が聞《き》こえた。よく耳《みみ》をすませると、

「おーい、わたしてくれ、たのむよ～」

と聞《き》こえる。

「こんな嵐《あらし》の晩《ばん》に、この川《かわ》をわたろうっていうのか!?」

しかたなく、じいさんはおきだして、小屋《こや》のドアをあけてみた。

雨風《あめかぜ》がいちだんと強《つよ》く小屋《こや》をうちつけていた。しかし、あたりにはだれもいない。

空耳《そらみみ》か、と小屋《こや》にもどろうとしたとき、また声《こえ》が聞《き》こえた。

「こっち、こっちだよ～。朝《あさ》までに家《いえ》に帰《かえ》りたいんだよ。たのむよう～、わたしてくれ！　礼《れい》ははずむから」

とぎれとぎれに聞《き》こえるその声《こえ》の主《ぬし》は、どうやらむこう岸《ぎし》からよんで

いるようだ。

トーマスじいさんは、しかたなく嵐《あらし》の中《なか》に舟《ふね》を出《だ》し、転覆《てんぷく》しないように気《き》をつけて舟《ふね》をあやつりながら、やっとの思《おも》いで対岸《たいがん》にたどりついた。

ところが、ついてみると、岸《きし》にはだれもいない。

「お客《きゃく》さん、きましたぜ！」

と声《こえ》をかけてみるが、待《ま》っていると思《おも》った客《きゃく》はいない。

「なんてこった！　おい、だれだ！　だれがおれをよんだんだ！」

と何度《なんど》もよんでみたが、やっぱりだれもいないし、声《こえ》もしなかった。

「ああ、なんてついてない晩《ばん》なんだ！」

とぼやきながら、じいさんはしかたなくまたあばれ川《がわ》をたくみにかじをとって、帰《かえ》ってきた。

そして、舟《ふね》をしっかりとつなぎとめると小屋《こや》に帰《かえ》り、ころげるようにベッドにもぐりこんで、ぐっすりねこんだ。

つぎの日《ひ》、

「おい、おやじ。あの舟《ふね》の中《なか》のものはどうしたんだ！」

という息子《むすこ》の声《こえ》でおこされた。
嵐《あらし》はすっかりおさまり、もう太陽《たいよう》が高《たか》くのぼっていた。
「舟《ふね》の中《なか》のものって、なんのことだ？　そんなのおぼえがないぞ」
そういいながら、じいさんはおきだして、岸《きし》にとめた舟《ふね》をのぞきこんだ。
すると、舟《ふね》の床《ゆか》いっぱいに金貨《きんか》や銀貨《ぎんか》が山《やま》づみになっていた。
じいさんが昨晩《さくばん》のできごとを息子《むすこ》に話《はな》して

聞《き》かせると、

「そりゃあ、たぶんお屋敷《やしき》のだんな様《さま》だな。だんな様《さま》は、一年《ねん》くらい前《まえ》に川《かわ》むこうで行方《ゆくえ》しれずになっていたんだが、けさ亡《なき》がらが見《み》つかって、朝《あさ》から村中《むらじゅう》、大《おお》さわぎだ」

と息子《むすこ》がいった。

「それもお屋敷《やしき》の庭《にわ》で見《み》つかったらしいぞ。おやじの舟《ふね》で帰《かえ》ってきたんじゃないかな」

と、つけくわえた。

「じゃあ、姿《すがた》は見《み》えなかったが、昨晩《さくばん》、あの嵐《あらし》の中《なか》でおれをよんだのは、亡《な》くなったお屋敷《やしき》のだんな様《さま》だったってわけか」

と、ぽつりとじいさんはいった。

トーマスじいさんは、その後生活《ごせいかつ》は楽《らく》にはなったが、死《し》ぬまで好《す》きな渡《わた》しの仕事《しごと》をつづけたそうだ。

休《やす》み時間《じかん》
水《すい》泳《えい》大《たい》会《かい》
プカ…
プカ、
おなかがういちゃって、もぐれないい～
およぐのにがてなんだよな
だれか上《うえ》にあがるの手《て》つだって！
見《み》つけたよ！見《み》つけたよ！
それただの石《いし》コロだよ…

龍《りゅう》神《じん》淵《ぶち》宝《たから》探《さが》し

龍神淵《りゅうじんぶち》にもぐって宝物《たからもの》をとってくる。宝物《たからもの》は竜宮《りゅうぐう》の玉《たま》。

竜宮《りゅうぐう》の玉《たま》をさがそう

4時《じ》間《かん》目《め》

黒《くろ》いへび

千世繭子《ちせまゆこ》

小学生最後《しょうがくせいさいご》の夏《なつ》、ぼくは友《とも》だちの彰《あきら》といっしょに、とてもふしぎな体《たい》験《けん》をした。あれは、ほんとうにあつい夏《なつ》だった。

「彰《あきら》、今日《きょう》も、ばあばカフェ行《い》く？」

「行《い》くよ。ブルーベリーが食《た》べごろだからさ、ヒヨドリに食《た》べられる前《まえ》に行《い》かなきゃ！」

ばあばカフェとは、彰《あきら》のおばあちゃん家《ち》のこと。ばあばは、石上公園《いしがみこうえん》

の近《ちか》くでひとりぐらしをしていた。お花《はな》いっぱいの庭《にわ》は近所《きんじょ》ではゆうめいだった。

ぼくと彰《あきら》は公園《こうえん》で遊《あそ》んだ帰《かえ》りには、おやつ目《め》当《あ》てでよく立《た》ちよっていた。

「あら、いらっしゃい。そろそろくるころかなと思《おも》って、ブルーベリーのシフォンをやいておいたわよ」

「やった！　ばあばのケーキ最高《さいこう》だもんね！」

ぼくも、ばあばのケーキが大好《だいす》きだった。それに、ばあばじまんのハーブやバラでいれたお茶《ちゃ》をのみながら、庭《にわ》をながめてすごす時間《じかん》はとくべつでもあった。

「今日《きょう》、人間《にんげん》と話《はな》すのはきみたちがはじめてよ」

なんて、ばあばはいった。この人《ひと》はいろんなモノと話《はなし》ができるのかもしれないなと思《おも》うことがあった。

日照《ひで》りがつづいていた。そんなある日《ひ》、ばあばが庭《にわ》でたおれて、病院《びょういん》に運《はこ》ばれた。

「ひとりぐらしだからね。近所《きんじょ》の人《ひと》が見《み》つけるまで時間《じかん》がかかっちゃってさ、意識《いしき》がもどらないんだ」

彰《あきら》は心配《しんぱい》そうだった。

その晩《ばん》、ぼくは剣道《けんどう》の練習《れんしゅう》でおそくなった。道場《どうじょう》が公園《こうえん》の近《ちか》くだったこともあり、なんとなく、ばあばの家《いえ》が気《き》になっていた。自転車《じてんしゃ》で家《いえ》の横《よこ》をすーっととおりすぎようとしたときだった。

庭《にわ》のほうで、なにかがうごいている気配《けはい》を感《かん》じた。

(なんだろう？　どろぼうじゃないよな？)

心配《しんぱい》になって自転車《じてんしゃ》をとめ、こわごわ垣根《かきね》から庭《にわ》の中《なか》をのぞいてみた。

すると、黒《くろ》くて長《なが》いモノが庭《にわ》の中《なか》をのたうちながら、はいまわっていた。大《おお》きな頭《あたま》がふいにもちあがり、ギロリとぼくのほうを見《み》た。

「うっわー、ヘビだ！」

ぼくは自転車《じてんしゃ》にとびのり、家《いえ》ににげ帰《かえ》った。

黒《くろ》い煙《けむり》をまとったようなぶきみなヘビが、ぼくの頭《あたま》からはなれずにね

ヘビだ！

むれなかった。

つぎの日《ひ》、ぼくは彰《あきら》に、きのうの夜《よる》のことを話《はな》した。

「ほんとうに、すごく頭《あたま》の大《おお》きな黒《くろ》くて長《なが》いヘビが、庭《にわ》をはいまわっていたんだよ」

「そんな大《おお》きなの、いるかな？　見《み》まちがいだよ」

はじめ、彰《あきら》はぼくの話《はなし》をしんじちゃいなかった。

「ほんとうに見《み》たんだって。あのあたりって、もともと森《もり》だったろう。公園《こうえん》のわき水《みず》をまもっているのはヘビだって話《はなし》、聞《き》いたことない？」

「そういえば、公園《こうえん》の池《いけ》のはしに小《ちい》さな祠《ほこら》があったっけ。『日照《ひで》りがつづくと水守《みずも》りの主《ぬし》が姿《すがた》をあらわすんだ』って、ばあばがいってたことあったな」

たしかに、日照《ひで》りがつづいていた。ぼくたちは、ヘビの話《はなし》とばあばの意識《いしき》がもどっていないことをかってにむすびつけて、ますます不安《ふあん》になった。

「なにかのたたりだったらいやだな」

そんなわけで、ぼくたちは、ばあばの庭《にわ》をさぐることにした。大人《おとな》に話《はな》したって、「ばかげている」といわれるにきまっているのでひみつにした。

その夜《よる》は、あかるい月《つき》がうかんでいた。

庭《にわ》についたとき、雲《くも》が月《つき》にかかってくらかった。ぼくたちはツルバラの垣根《かきね》から、庭《にわ》を見《み》はることにした。どれくらいたっただろう。

「うっ……」

と、彰《あきら》が声《こえ》をもらした。指《ゆび》さしたあたりを見《み》ると、黒《くろ》い大《おお》きなヘビがいた。もやもやした煙《けむり》をまとってうごめいている。

つぎの瞬間《しゅんかん》、ぼくたちはもっとしんじられないようなモノを見《み》た。黒《くろ》いヘビのそばに、影絵《かげえ》のような人《ひと》かげがあらわれたのだ。

雲《くも》がきれたほんのすこしだけ、月《つき》の光《ひかり》がこぼれおちて庭《にわ》をてらしだした。

「ばあば……」

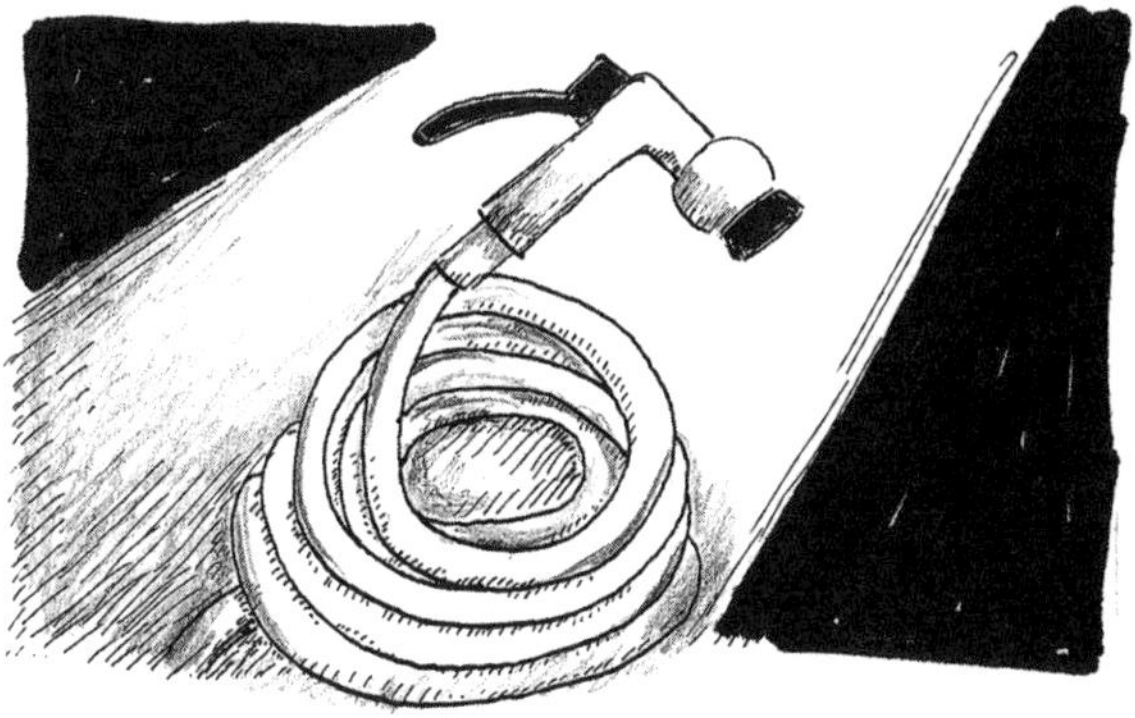

彰《あきら》がさけぶと、その人《ひと》かげとヘビはきえた。
ぼくたちは、懐中電灯《かいちゅうでんとう》をつけて庭《にわ》に入《はい》って
いった。
「これ、水《みず》やりのホースじゃない」
とぐろをまいたようにおかれたホースには、
丸《まる》いシャワーヘッドがついていた。
ぼくたちは、足《あし》から力《ちから》がぬけた。
「ばあばがたおれたときにね、水《みず》やりの長《なが》い
ホースをにぎってたんだって」
彰《あきら》は悲《かな》しそうにいった。

「それって、ばあばは、意識《いしき》をなくしてからも庭《にわ》の草花《くさばな》に水《みず》やりをしてるんじゃない」

ぼくたちは、ばあばのためになにかしたかった。だから、日照《ひで》りのあいだ、庭《にわ》の水《みず》やりにかようことにした。

ふしぎなことだけど、それから、ホースがかってにうごくことはなくなった。

そして、いままで気《き》にかけたことがなかった公園《こうえん》の小《ちい》さな祠《ほこら》に、ぼくたちは、わき水《みず》をくんでお供《そな》えした。しばらくして、雨《あめ》がふった。

ちょうどそのころだったかな、ばあばの意識《いしき》がもどったのは……。

クモ淵《ぶち》

常光《つねみつ》　徹《とおる》

ある村《むら》に、三度《さんど》の飯《めし》より釣《つ》りが好《す》きだという男《おとこ》がおった。
春《はる》になって、谷川《たにがわ》の水《みず》がぬるむころになると、畑仕事《はたけしごと》はそっちのけで釣《つ》りに出《で》る。好《す》きなだけあって腕《うで》もよい。日《ひ》ぐれには、ビクからあふれるほどの魚《さかな》をとってもどってきた。
その日《ひ》も、はやめに昼飯《ひるめし》をすませると、腰《こし》にビクをさげ、竿《さお》をかついで家《いえ》を出《で》た。

「まだ日《ひ》が高《たか》いな。ようし」
空《そら》を見《み》あげてつぶやくと、男《おとこ》はいつも行《い》く釣《つ》り場《ば》とはちがう谷《たに》のほうにむかった。この谷《たに》の奥《おく》には、それはふかい淵《ふち》がある。だが、村《むら》のものはめったに足《あし》をふみいれない。それというのも、淵《ふち》には主《ぬし》がいるといういいつたえがあるからだ。
男《おとこ》は、谷川《たにがわ》にそって山道《やまみち》を奥《おく》へ奥《おく》へと入《はい》った。草《くさ》をかきわけながら、やっとのことで淵《ふち》についた。
青《あお》あおと水《みず》をたたえた淵《ふち》は、ゆっくりうずをまいている。

「大《おお》イワナがおるというのはここか」

はやる心《こころ》をおさえて釣《つ》り糸《いと》をたれると、息《いき》をひそめてアタリを待《ま》った。

ところが、なぜか手《て》ごたえがない。

(たしかにいるはずだが、はて)

男《おとこ》は首《くび》をかしげた。エサをかえたり、イワナのかくれていそうな場所《ばしょ》でさそいをかけてみるが、どうやっても食《く》ってくる気配《けはい》がない。

大《おお》イワナどころか小魚《こざかな》一ぴきつれない。とほうにくれた男《おとこ》は、淵《ふち》のそばに腰《こし》をおろしてひと休《やす》みすることにした。うつら、うつらしはじめたときである。

淵《ふち》の中《なか》からクモが一ぴき、姿《すがた》をあらわした。クモは水《みず》ぎわからはいあ

がると、男《おとこ》のほうに近《ちか》づいていった。そして、足《あし》の親指《おやゆび》にクルっと糸《いと》をまいたかと思《おも》うと、白《しろ》い糸《いと》をひきながら淵《ふち》のほうにもどっていき、水《みず》の中《なか》にきえた。すこしたつと、さっきのクモが出《で》てきて、また足《あし》の親指《おやゆび》に糸《いと》をまきつける。男《おとこ》がねむっているあいだに、クモは何度《なんど》も出《で》てきては、親指《おやゆび》に糸《いと》をかけて淵《ふち》に入《はい》っていった。

しばらくして、目《め》をさました男《おとこ》はおやっという顔《かお》をした。足《あし》の親指《おやゆび》にクモの糸《いと》がからまっている。それも一本《ぽん》や二本《ほん》ではない。すぐに糸《いと》をはずすと、

かたわらに立《た》っている大木《たいぼく》の根《ね》もとにひっかけた。

そして、足先《あしさき》に目《め》をもどした男《おとこ》は、はっと息《いき》をのんだ。ぞうりの上《うえ》をクモがはっている。クモは男《おとこ》が見《み》ている前《まえ》で親指《おやゆび》に糸《いと》をまきつけると、淵《ふち》のほうにさっていった。

(なんと、おかしなことがあるものよ)

すぐまた、糸《いと》をはずして大木《たいぼく》の根《ね》もとにうつした。そのとき、

「とれたかやー」

森《もり》の奥《おく》から声《こえ》がした。すると、淵《ふち》の中《なか》から、

「とれたぞー」

ぶきみな声《こえ》がひびいた。

「な、なにごとだ!」

男《おとこ》が立《た》ちあがったとたん、そばの大木《たいぼく》がメリメリと音《おと》を立《た》ててきしみ、根《ね》こそぎ淵《ふち》の中《なか》にひきずりこまれた。山《やま》のような水《みず》しぶきがあがり、あたりがどよめいた。

男《おとこ》はわっとさけんで、一目散《いちもくさん》に谷《たに》をおりた。

それ以来《いらい》この淵《ふち》を、クモ淵《ぶち》とよぶようになったそうだ。

河原《かわら》でバーベキュー

ゴミは
きちんと
もってかえろう
ちょっと!
あぶない!
ハハハ…
どんどん食《く》えよ
いがいと
うまい
つれる〜?
ゴホッ
ソースが
きいてるわね
麗華《れいか》ちゃん
どうしたの?
ゴホ…
けむりが
目《め》に…

給食《きゅうしょく》

小《ちい》さなひき臼《うす》

杉本栄子《すぎもとえいこ》

むかし、まずしい母親《ははおや》と娘《むすめ》のマリーが山《やま》の上《うえ》の小屋《こや》でくらしていた。あるとき、母親《ははおや》が病気《びょうき》になった。マリーはひとりで森《もり》に行《い》き、キイチゴやコケモモをさがして歩《ある》き、それでふたりはなんとか空腹《くうふく》をみたしていた。ところが、冬《ふゆ》が近《ちか》づくと、森《もり》にはキイチゴもコケモモも、なくなってきた。

ある日《ひ》、一日中《いちにちじゅう》歩《ある》きまわって、もう日《ひ》がくれるというのに、マリーはキイチゴやコケモモをひとつも見《み》つけることができなかった。つかれはてててやぶの前《まえ》にすわりこむと、悲《かな》しくなり、しくしく泣《な》きだした。

とつぜん、やぶの中《なか》から「どうしたのかね」という声《こえ》がして、長《なが》い鼻《はな》のおばあさんが出《で》てきた。マリーはびっくりして、ちょっぴりこわくなった。

「あのう、わたし、今日《きょう》はキイチゴもコケモモも、なにひとつ見《み》つけられなくて、うちには食《た》べるものがないの。お母《かあ》さんは病気《びょうき》だし……」

「それで泣《な》いているんだね。かわいそうに」

おばあさんはやさしくいうと、またやぶの中《なか》に入《はい》っていき、今度《こんど》は小《ちい》さなひき臼《うす》をもって出《で》てきた。

「これをあげよう。このひき臼《うす》は左《ひだり》にまわすときれいな白《しろ》い小麦粉《こむぎこ》が、右《みぎ》にまわすとおいしいひきわり麦《むぎ》を出《だ》してくれるんだよ。食《た》べる分《ぶん》だけ出《だ》したら、手《て》まわしハンドルの、ほら、ここにとめ金《がね》があるだろう。これをおして、『ありがとう』とつぶやけば、ひき臼《うす》はピタリととまるのさ。さあ、これをもって、はやくお母《かあ》さんのところにお帰《かえ》り」

おばあさんはマリーの小《ちい》さな手《て》にひき臼《うす》をのせた。

「でもね、よくばってはいけないよ。それから、ほかのだれにもしゃべるんじゃあないよ」

マリーはおばあさんにお礼《れい》をいうと、ひき臼《うす》をしっかりかかえて、いそいで家《いえ》に帰《かえ》った。

「お母《かあ》さん、今日《きょう》は寒《さむ》いから、あたたかいおかゆがいいかしら、それともスープにしましょうか」

とひき臼《うす》を右《みぎ》にまわして、ひきわり麦《むぎ》を出《だ》した。つぎの日《ひ》には、ひき臼《うす》を左《ひだり》にまわして真《ま》っ白《しろ》い小麦粉《こむぎこ》を出《だ》して、おいしいパンケーキをやいた。マリーは毎日《まいにち》ひきわり麦《むぎ》や小麦粉《こむぎこ》を食《た》べる分《ぶん》だけ出《だ》すと、「ありがとう」とつぶやき、小《ちい》さい指《ゆび》でハンドルのとめ金《がね》をおしてひき臼《うす》をとめ

た。そして、おばあさんにいわれたとおり、だれにもいわないで、大切《たいせつ》に戸棚《とだな》にしまった。それから、母親《ははおや》と娘《むすめ》は食《た》べるものにこまらないでしあわせにくらした。

ところが、何年《なんねん》かすると、マリーが病気《びょうき》になった。

「どうぞ、神様《かみさま》、娘《むすめ》をお助《たす》けください」

母親《ははおや》は必死《ひっし》になって祈《いの》ったが、マリーはとうとう神様《かみさま》のもとにいってしまった。母親《ははおや》は娘《むすめ》に一番《いちばん》いい服《ふく》を着《き》せて墓《はか》に横《よこ》たえると、食《た》べることもわすれてくる日《ひ》もくる日《ひ》も泣《な》いてばかりいた。しばらくして涙《なみだ》がかれると、いつのまにか、おなかがすくようになった。

母親《ははおや》は、おかゆを作《つく》ろうと、マリーがやっていたように、ひき臼《うす》のハンドルを右《みぎ》にまわしてひきわり麦《むぎ》を出《だ》した。

「さあ、これでじゅうぶんだわ」

母親《ははおや》はひき臼《うす》をまわす手《て》をとめたが、まだひきわり麦《むぎ》が出《で》てくる。

「あら、マリーはすぐにとめることができたというのに、どうしたことでしょう」

母親《ははおや》はあわててハンドルをおさえたり、たたいたりしてみたが、ひき臼《うす》はとまらない。そこで回転《かいてん》しているハンドルを、力《ちから》いっぱいおさえた。するとは芯棒《しんぼう》の金具《かなぐ》がこわれて、ハンドルのとめ金《がね》がはずれて、ハンドルといっしょに、どこかにとんでいってしまった。それでも、ひき臼《うす》は前《まえ》より、もっと、もっといきおいよくひきわり麦《むぎ》を出《だ》した。小屋《こや》の中《なか》にはひきわり麦《むぎ》の山《やま》がいくつもできた。母親《ははおや》はその山《やま》からにげだそうと、必《ひっ》死《し》にもがいたが、ひきわり麦《むぎ》がつぎからつぎへとおしよせてきて、うずもれてしまった。

ひき臼《うす》はどんどん、どんどん、ひきわり麦《むぎ》を出《だ》しつづけて、高《たか》い山《やま》の上《うえ》にもうひとつ大《おお》きな山《やま》ができた。そこにヒューッと風《かぜ》がふいてきて、ひきわり麦《むぎ》がパラパラ、パラパラと空高《そらたか》くまいあがった。丘《おか》のふもとの村《むら》では、「あられがふってきた」と大《おお》さわぎになったとさ。

休《やす》み時間《じかん》
水《すい》泳《えい》大《たい》会《かい》
ぐぐ
シンクロナイズドスイミング
クラス女子対抗戦《じょしたいこうせん》。
チームの一体感《いったいかん》で、きそう。
バシャ
笑顔《えがお》ならまかせて
笑《わら》い女《おんな》ケタ子
歌《うた》にあわせて〜！
しっかりあわせて、にこやかに！
バシャ
はなバサミ
オウマガドキ学園《がくえん》
・マーメイドチーム・

わ！　なんか
ポーズちがうし…
バシャ
およぎは
にがてニャ～
いげんをもって
おごそかに
……じゃな
ひ～
ひ～
バシャァ…
水着《みずぎ》が
すてきでしょ！
見《み》て見《み》て～
バシャ
水《みず》が
ぬるいわね
バシャ
バシャ
じこしゅちょう
はげしいな～

5時《じ》間《かん》目《め》

オイコシ

大島清昭《おおしまきよあき》

小学校《しょうがっこう》六年生《ねんせい》の孝春《たかはる》は、弟《おとうと》の秋人《あきと》といっしょに、最上川《もがみがわ》に遊《あそ》びにきていた。真夏《まなつ》の太陽《たいよう》はギラギラしていたが、大《おお》きな川《かわ》のそばにいると、すこしだけすずしい気分《きぶん》になる。

「ザリガニいるかなぁ」

そういって、ふたつ年下《としした》の秋人《あきと》は、水《みず》ぎわの石《いし》をひっくりかえす。

「いたらどうするんだ？」

「つかまえて自由研究《じゆうけんきゅう》にする」

秋人《あきと》はそういってニッと笑《わら》った。

いまは夏休《なつやす》み。東京《とうきょう》でくらす孝春《たかはる》たち兄弟《きょうだい》は、父親《ちちおや》のふるさとの山形《やまがた》にきていた。毎年《まいとし》、両親《りょうしん》といっしょに一週間《しゅうかん》くらい祖父《そふ》の家《いえ》にとまることになっている。

祖父《そふ》には、

「あぶねぇから、あんまり川《かわ》に近《ちか》づくんじゃねぇぞ」

と注意《ちゅうい》されるが、孝春《たかはる》と秋人《あきと》はよく河原《かわら》に遊《あそ》びに行《い》く。釣《つ》りをしたり、水《みず》きりをしたり、草《くさ》で舟《ふね》を作《つく》ってながしたり、ふだんできない体験《たいけん》を楽《たの》しんでいた。

ふと孝春《たかはる》は、川《かわ》のむこう岸《ぎし》で手《て》をふる人《ひと》かげに気《き》づいた。かなりはなれているから、顔《かお》や服装《ふくそう》は見《み》えないが、どうやら自分《じぶん》とおなじくらいの子《こ》どものようだ。

「秋人《あきと》、あっちでだれかが手《て》をふってるぞ」

「ホントだ。おーい！」

秋人《あきと》が手《て》をふりながらよびかけると、むこうも、

「おぉおい！」

と返事《へんじ》をする。

孝春《たかはる》も、

「おーい！」

と手《て》をふった。

「おぉおぉおぉい！」

そのとき、人《ひと》かげがむくりと大《おお》きくなったように見《み》えた。小学生《しょうがくせい》くらいだと思《おも》ったのに、いまは中学生《ちゅうがくせい》か高校生《こうこうせい》くらいに見《み》える。最初《さいしょ》は見《み》まちがえかと思《おも》ったのだが……。

「おぉおぉおぉおぉい！」

さっきより太《ふと》くて大《おお》きな声《こえ》。人《ひと》かげはまた、むくりと大《おお》きくなった。

「秋人《あきと》、アイツおっきくなってないか？」

「う、うん」

孝春《たかはる》も秋人《あきと》も手《て》をふるのをやめた。どうもようすがおかしい。

「おおおおおおおおおい！」

人《ひと》かげはむくむくむくとのびて、大人《おとな》よりもずっと大《おお》きくなった。それは青空《あおぞら》にうかぶ入道雲《にゅうどうぐも》を背景《はいけい》に、真《ま》っ黒《くろ》で細長《ほそなが》い巨人《きょじん》に見《み》える。

「な、なんだ、あれ？」

「おぉぉぉぉぉぉぉぉぉぉい！」

大《おお》きなかげはさけびながら、さらに体《からだ》をのばす。川《かわ》をわたって、こちらまでのびてこようとしているのだ。

「に、にげろー！」

孝春《たかはる》と秋人《あきと》は必死《ひっし》に走《はし》って、その場《ば》からにげだした。

なんとかぶじに帰《かえ》ることができたふたりは、家族《かぞく》に川《かわ》で見《み》た大《おお》きくなるかげについて話《はな》した。

祖父《そふ》はきびしい顔《かお》をして、

「それはオイコシだ」

といった。父親《ちちおや》は大《おお》あわてで、

「たいへんだ！　たいへんだ！」

とさわぎだす。母親《ははおや》はそんな父親《ちちおや》の反応《はんのう》をふしぎそうに見《み》ていた。

「どうしたの？」

孝春《たかはる》は祖父《そふ》と父親《ちちおや》のしんこくな反応《はんのう》におどろいていた。秋人《あきと》も言葉《ことば》をうしなっている。

「お前《まえ》たち、よーく聞《き》けよ。これは命《いのち》にかかわるだいじなことだ」

祖父《そふ》はそういってから、オイコシについて説明《せつめい》してくれた。

「最上川《もがみがわ》のむこう岸《ぎし》は、ときどきあの世《よ》につながることがある。オイコシはそこからあらわれて、人間《にんげん》をあっちにひきこんじまう妖怪《ようかい》だ。お前《まえ》たちはもうオイコシの声《こえ》を聞《き》いちまったから、すぐにここからはなれなきゃならねぇ」

「ど、どうして？」

孝春《たかはる》の声《こえ》はすこしふるえていた。

「オイコシの声《こえ》はあの世《よ》の声《こえ》だからな、生《い》きてるやつは聞《き》いちゃいけねぇんだ。夜《よる》が近《ちか》づいてオイコシの力《ちから》が強《つよ》くなったら、きっとお前《まえ》たちをあの世《よ》にひっぱりにくる」

急《きゅう》きょ予定《よてい》を変更《へんこう》し、孝春《たかはる》たち家族《かぞく》は帰《かえ》ることになった。

母親《ははおや》は、

「そんなの迷信《めいしん》でしょ」

としんじていなかったが、父親《ちちおや》の顔《かお》はしんけんだった。

「はやく車《くるま》にのれ！　太陽《たいよう》がしずむ前《まえ》にできるだけ遠《とお》くに行《い》くぞ！」

どなるようにそういわれ、孝春《たかはる》と秋人《あきと》は後部座席《こうぶざせき》にのりこんだ。

夕日《ゆうひ》にてらされた道路《どうろ》を父親《ちちおや》の運転《うんてん》する車《くるま》が走《はし》る。父親《ちちおや》は最上川《もがみがわ》から遠《とお》いルートをえらんでいるようだった。助手席《じょしゅせき》の母親《ははおや》もいまはきんちょうしているようだ。

「孝春《たかはる》ぅ！　秋人《あきと》ぉ！」

ふいに背後《はいご》から祖父《そふ》の声《こえ》が聞《き》こえた。

「おじいちゃん!?」

父親《ちちおや》はあわててブレーキをかける。孝春《たかはる》と秋人《あきと》は車《くるま》のうしろをふりかえった。見《み》ると、巨人《きょじん》のようなオイコシが、車《くるま》をおいかけてきている。

オイコシが祖父《そふ》の声《こえ》をまねているのだ。

「たかはるぅぅぅ！　あきとぉぉぉぉ！」

オイコシの細長《ほそなが》い腕《うで》が、ふたりの目《め》の前《まえ》までせまってきていた。

ヴォル・ポチャク

斎藤君子《さいとうきみこ》

西《にし》シベリアにマリーナという名《な》のおさない女《おんな》の子《こ》がいた。
ある日《ひ》、マリーナは猟《りょう》に出《で》かける父親《ちちおや》につれられて、ボートにのって川《かわ》むこうへ行《い》った。
「いいかい、遠《とお》くへ行《い》くんじゃないよ。このあたりで遊《あそ》んでおいで。パパはときどきここへ、お前《まえ》のようすを見《み》にくるからね」
父親《ちちおや》はそういいきかせ、マリーナを川岸《かわぎし》の近《ちか》くの野原《のはら》にのこし、自分《じぶん》は森《もり》の中《なか》にしかけた罠《わな》を見《み》にいった。

マリーナは家《いえ》からもってきた人形《にんぎょう》を切《き》り株《かぶ》の上《うえ》にすわらせると、ままごとをして遊《あそ》びはじめた。しばらくしてこの遊《あそ》びにあきると、切《き》り株《かぶ》の上《うえ》に人形《にんぎょう》をおいたまま、川岸《かわぎし》へ行《い》った。そして、川岸《かわぎし》の石《いし》をつんで遊《あそ》びはじめた。

こうしてマリーナはしばらく遊《あそ》んでいたが、ふと切《き》り株《かぶ》の上《うえ》においてきた人形《にんぎょう》のことを思《おも》いだし、人形《にんぎょう》のところへひきかえした。すると、いつのまにきたのか、しらない女《おんな》の子《こ》が切《き》り株《かぶ》のそばに立《た》っていた。マリーナより小《ちい》さな子《こ》で、マリーナの人形《にんぎょう》をだいている!

「それ、わたしの人形《にんぎょう》よ。かえして!」

マリーナは口《くち》をとがらせて手《て》をつきだした。ところが、その子《こ》はマリーナの人形《にんぎょう》をだきしめたまま、だまっている。

そこへちょうどマリーナの父親《ちちおや》が森《もり》の中《なか》から出《で》てきた。父親《ちちおや》は女《おんな》の子《こ》を見《み》ると、

「あっ、ヴォル・ポチャク！」

とさけぶがはやいか、娘《むすめ》のそばにかけより、娘《むすめ》をだきかかえて川岸《かわぎし》へ走《はし》った。

ヴォル・ポチャクというのはおさない子《こ》どもの霊《れい》で、森《もり》の中《なか》にすんでいるのだそう

だ。この村《むら》では死《し》んで生《う》まれた子《こ》や、生《う》まれてすぐに死《し》んだ子《こ》は、村《むら》の墓地《ぼち》に埋葬《まいそう》してはいけないことになっている。そういう子《こ》の遺体《いたい》は布《ぬの》にくるんで、切《き》り株《かぶ》の上《うえ》におく。この子《こ》もきっとまだ小《ちい》さいときに死《し》んで、切《き》り株《かぶ》の上《うえ》におかれたにちがいない。

ヴォル・ポチャクは「バブ、バブ!」と泣《な》きながら、ふたりのあとをおいかけてきた。父親《ちちおや》は川岸《かわぎし》にひきあげてあったボートにマリーナをのせると、ボートを川《かわ》の中《なか》へおしだし、自分《じぶん》もとびのった。

そこへヴォル・ポチャクがきた。ヴォル・ポチャクはふたりがのっているボートのへりにしがみつき、

「バブ、バブ! あたいもつれてって!」

と泣《な》いてたのんだ。父親《ちちおや》はそんなヴォル・ポチャクがかわいそうになり、ボートにしがみついている手《て》をはらいのけることができなかった。腕《うで》をつかんでボートにのせてやり、むこう岸《ぎし》へわたしてやった。

その翌日《よくじつ》、父親《ちちおや》が猟《りょう》に行《い》くと、しかけた罠《わな》にテンやらキツネやら、獲物《えもの》がどっさりかかっていた。村人《むらびと》たちの話《はなし》では、

「この獲物《えもの》は、ヴォル・ポチャクが川《かわ》をわたしてもらったお礼《れい》にさずけてくれたにち

がいない」

って。

だけど、ヴォル・ポチャクをボートにのせてやるときは、よくよく用《よう》心《じん》しなければならない。自分《じぶん》とむかいあわせになるようにすわらせないといけないんだそうだ。そうしないと、うしろから背中《せなか》をおされて、川《かわ》につきおとされるって。

それに、こんな話《はなし》もある。ヴォル・ポチャクは《運命《うんめい》の草《くさ》》というのを三本《ぼん》もっていて、川《かわ》をわたしてもらうとき、その中《なか》の一本《ぽん》をえらばせるんだって。三本《ぼん》のうちの一本《ぽん》は緑色《みどりいろ》の草《くさ》で、これをえらんだ人《ひと》は大成《だいせい》功《こう》するが、長生《ながい》きはできない。もう一本《ぽん》は黄色《きいろ》の草《くさ》で、これをえらんだ人《ひと》は長生《ながい》きできるが、成功《せいこう》はしない。のこりの一本《ぽん》はかれ草《くさ》で、これをえらんだ人《ひと》は最悪《さいあく》だ！　この先《さき》、ろくなことはない。マリーナの父親《ちちおや》がボートにのせてやったヴォル・ポチャクは、そんな草《くさ》をもっていなくて、よかったよ。緑色《みどりいろ》の草《くさ》やかれ草《くさ》をえらんでいたら、どうなっていたことか。

休《やす》み時間《じかん》
水《すい》泳《えい》大《たい》会《かい》
スタート
逆流《ぎゃくりゅう》スピード競泳《きょうえい》
流《なが》れにさからって
スピードをきそう。
ガンバレ
ウシオ、まっすぐおよげよ！
ここからきゅうりゅう！
あとなんにんのこってるかな…
ムリだ！
ゾンビくんとけてる〜
川《かわ》のそこに足《あし》がついている
まっすぐのつもりだよ〜！
ドドドドド…

うおおお
おおっ
かっこいいフォームを見《み》てくれ～
ドドドドドドドド
がんばれ～あとちょっと！
犬《いぬ》かきパワーだ!!

6時間目《じかんめ》

池《いけ》にまつわる
ふしぎなお話《はなし》

池《いけ》のまわりにさいた百合《ゆり》

根岸英之《ねぎしひでゆき》

むかし、さむらいが国《くに》をおさめていた室町時代《むろまちじだい》のお話《はなし》です。そのころは、さむらい同士《どうし》が、血《ち》で血《ち》をあらうような、戦《いくさ》がくりかえされていました。

葛飾《かつしか》（現在《げんざい》の千葉県北西部《ちばけんほくせいぶ》から東京都東部《とうきょうととうぶ》の地名《ちめい》）のある地《ち》に、曽谷《そや》氏《し》というさむらいが、高台《たかだい》に屋形《やかた》をかまえて、あたりをおさめていました。

さむらいには、百合姫《ゆりひめ》という、かわいい娘《むすめ》がいました。

百合姫《ゆりひめ》は、家族《かぞく》に見《み》まもられながら、大切《たいせつ》にそだてられていました。

ところが、戦《いくさ》がはじまり、百合姫《ゆりひめ》の父《ちち》も、戦《いくさ》にまきこまれてしまいました。しかも、あろうことか、親類《しんるい》が敵方《てきがた》についてしまったのです。

百合姫《ゆりひめ》の父《ちち》は、家族《かぞく》や家来《けらい》たちをあつめていいました。

「この度《たび》、おじ上《うえ》たちと、敵味方《てきみかた》にわかれて、戦《いくさ》をすることになってしまった。いまは戦乱《せんらん》の世《よ》、しかたのないことと心《こころ》するのだぞ」

屋形《やかた》が、いつせめられるか、気《き》が気《き》ではありません。

そして、とうとう、百合姫《ゆりひめ》のくらす屋形《やかた》の近《ちか》くにも、敵《てき》がせめてきました。

「敵《てき》がたの軍《ぐん》がやってきたぞーっ！」

見《み》はりの声《こえ》に、屋形中《やかたじゅう》がそうぜんとなりました。

百合姫《ゆりひめ》の父《ちち》たちは、門《もん》をかたくとざし、敵《てき》がせめてくるのをふせぎました。しかし、敵《てき》の数《かず》は多《おお》く、まもりきれそうにありません。

かくごをきめた、百合姫《ゆりひめ》の父《ちち》は、百合姫《ゆりひめ》をはじめ、妻《つま》や息子《むすこ》たちをよび、こうつげました。

「もはや、この屋形《やかた》がほろぼされるのも、時間《じかん》の問題《もんだい》だ。百合姫《ゆりひめ》よ、お前《まえ》だけは、この屋形《やかた》から、なんとかにげのびるのだ」

百合姫《ゆりひめ》は、いいかえしました。

「わたしだけが生《い》きのこっても、なんの意味《いみ》がありましょう。父上《ちちうえ》たちとともに、この屋形《やかた》でたたかいます」

しかし、父《ちち》は、きびしい口調《くちょう》で命令《めいれい》しました。

「それはならぬ。お前《まえ》は、まだおさない。わしらの分《ぶん》まで生《い》きのびて、かならずや、一族《いちぞく》の血《ち》をつなぐのだ」

百合姫《ゆりひめ》は、父《ちち》のいいつけにさからうことはできません。ひとりの乳母《うば》だけをつれて、屋形《やかた》の裏口《うらぐち》から敵《てき》に見《み》つからないように、なんとかにげだすことができました。

すこしはなれた、池《いけ》のほとりまでたどりついたときのこと。百合姫《ゆりひめ》がふりかえると、屋形《やかた》が炎《ほのお》につつまれて、もえおちているさまが見《み》えました。

「ああ、父上《ちちうえ》たちは、きっとあの屋形《やかた》で命《いのち》つきてしまったことでしょう。どうしてこのような戦《いくさ》などしなければならないのでしょうか。父上《ちちうえ》の命《めい》令《れい》にはそむくことになりますが、わたしひとりが、生《い》きているなどできません」

百合姫《ゆりひめ》はそういうと、乳母《うば》がとめるのも聞《き》かず、池《いけ》に身《み》を投《な》げてしまったのでした――。

やがて、戦《いくさ》も終《お》わり、季節《きせつ》がすぎていきました。

すると、池《いけ》のまわりに、百合《ゆり》の花《はな》がさきみだれるようになりました。

「これは、まるで、百合姫様《ゆりひめさま》の生《う》まれかわりのようだ」

池《いけ》のそばの村人《むらびと》たちは、そういいかわしました。
百合《ゆり》の花《はな》は、つぎの年《とし》もそのあくる年《とし》もさきみだれ、あたりいったいは百合《ゆり》でおおわれるようになりました。
こうして、池《いけ》のそばにある、屋形《やかた》のあった高台《たかだい》を、いつしか「百合台《ゆりだい》」とよぶようになったのです。
そして、池《いけ》のかたわらには、百合姫《ゆりひめ》をまつる祠《ほこら》も作《つく》られ、お参《まい》りする人《ひと》がたえないようになりました。

それからずっとあと、百合台《ゆりだい》の近《ちか》くに、小学校《しょうがっこう》が新《あたら》しくたてられることになりました。土地《とち》の人《ひと》たちは、百合姫《ゆりひめ》のいいつたえに思《おも》いをよせて、「百合台小学校《ゆりだいしょうがっこう》」と名前《なまえ》をつけることにしました。

んののきよちゃんとお池《いけ》の亀《かめ》さん

宮川《みやかわ》ひろ

きよちゃんのお父《とう》さんは、神社《じんじゃ》をおまもりする宮司《ぐうじ》さんです。きよちゃんのおうちは神社《じんじゃ》の境内《けいだい》にありました。神様《かみさま》のことを「ののさま」っていうでしょう。ののさまのおうちのきよちゃんだから、「のんののきよちゃん」なんです。

広《ひろ》い境内《けいだい》には大《おお》きな木《き》がいっぱい。のんのの森《もり》になっていました。鳥《とり》居《い》と社殿《しゃでん》のあいだには池《いけ》があって、小《ちい》さな太鼓橋《たいこばし》もかかっていました。

池《いけ》のはしの岩《いわ》の上《うえ》には亀《かめ》さんがのんびりと、甲羅干《こうらぼ》しをしているのでした。

きよちゃんの兄弟《きょうだい》は六人《にん》。お姉《ねえ》ちゃんやお兄《にい》ちゃんたちが学校《がっこう》へ行《い》ってしまうと、家《いえ》の中《なか》はひっそり。そこできよちゃんは池《いけ》の亀《かめ》さんのところへ出《で》かけます。きよちゃんは亀《かめ》さんと仲《なか》よし。お母《かあ》さんからお皿《さら》にご飯《はん》をもらっていって、

「亀《かめ》さんおはよう、ご飯《はん》をおあがり」

そういっておいてあげるのが、きよちゃんの毎朝《まいあさ》の楽《たの》しみでした。

そこへ近所《きんじょ》の神山《かみやま》さんのぼくちゃんが、おばあちゃんといっしょに毎《まい》日《にち》お参《まい》りにきます。きよちゃんとぼくちゃんは仲《なか》のいいお友《とも》だち。木《き》に

のぼったりかくれんぼしたり、のんのの森《もり》を探検《たんけん》したりです。探検《たんけん》からもどってくるとご飯《はん》の入《はい》っていたお皿《さら》はからっぽ。
「ご飯《はん》おいしかった？　またあした、もってきてあげるからね」
きよちゃんはそういってお皿《さら》をさげてくるのでした。
そのころ日本《にほん》は戦争《せんそう》をしていました。きよちゃんの住《す》む東京《とうきょう》にも空襲警報《くうしゅうけいほう》が出《だ》されるようになって、お父《とう》さんとお姉《ねえ》さん、お兄《にい》さんたちを東京《とうきょう》へのこして、きよちゃんとお母《かあ》さんは、お母《かあ》さんのふるさと長野県《ながのけん》のしずかな村《むら》へ、疎《そ》開《かい》していくことになったのです。

「亀《かめ》さんごめんね、あしたからご飯《はん》をもってきてあげられないけれど、元気《げんき》でね」

さよならをいうきよちゃんの目《め》から、ツーとひとすじ涙《なみだ》がながれました。亀《かめ》さんもうるんだ目《め》で、きよちゃんをじっと見《み》おくってくれたのでした。

おばあちゃんの家《いえ》にはもう、おばさんといとこたちも疎開《そかい》していてにぎやかです。すこしのものを、みんなでわけあってのくらしでした。

一九四五年《ねん》（昭和《しょうわ》二十年《ねん》）五月《がつ》二十四日《よっか》、この日《ひ》も東京《とうきょう》の空《そら》には焼夷弾《しょういだん》が雨《あめ》のようにおちてきて、きよちゃんたちの家《いえ》も社殿《しゃでん》も森《もり》も、あっというまにやけおちてしまったのです。のこったのは高《たか》く立《た》っている鳥居《とりい》だけ……。

亀《かめ》さんはどうなっただろうか……？

お父《とう》さんやお姉《ねえ》さんたちは、ひと晩中《ばんじゅう》火《ひ》の中《なか》をにげまどって、それでも命《いのち》だけは助《たす》かることができました。

そして、戦争《せんそう》は負《ま》けて終《お》わったのです。

それからもお父《とう》さんは焼野《やけの》が原《はら》の東京《とうきょう》にのこって、氏子《うじこ》のみなさんといっしょに、神社《じんじゃ》の復興《ふっこう》につとめました。お母《かあ》さんもお父《とう》さんを手《て》つだうために、東京《とうきょう》へもどっていきましたが……。きよちゃんは、おばさんやいとこたちといっしょに長野《ながの》にのこって、東京《とうきょう》がもうすこしおちつく日《ひ》を待《ま》つことになったのです。

一九五四年《ねん》（昭和《しょうわ》二九年《ねん》）三月《がつ》、お母《かあ》さんがやっときよちゃんをむかえにきてくれました。疎開《そかい》したあの日《ひ》から九年《ねん》がたっていました。

きよちゃんはもう中学生《ちゅうがくせい》です。

神社《じんじゃ》の境内《けいだい》はすっかりかわっていました。木《き》にのぼったり探検《たんけん》したのんのの森《もり》には、まだ小《ち》さな木《き》が植《う》えられていただけです。池《いけ》も太鼓橋《たいこばし》もなくなっていました。亀《かめ》さんの姿《すがた》もありません。

「亀《かめ》さんただいま、亀《かめ》さんどこなの。出《で》てきてお顔《かお》を見《み》せてよ」

と、よびかけながら、きよちゃんは境内《けいだい》の草《くさ》むらをさがしつづけました。

そして数日《すうじつ》もたった日《ひ》の夕方《ゆうがた》、きよちゃんが中庭《なかにわ》の植木《うえき》に水《みず》をまいていると、植《う》えこみのあたりから……バッタバッタと音《おと》がして……。きよちゃんがじっと目《め》をこらして見《み》てみると、亀《かめ》さんがゆっくりゆっくりと近《ちか》づいてきたではありませんか。

「お母《かあ》さん、亀《かめ》さんが」

きよちゃんはうれしくなってさけびました。お母《かあ》さんもとびだしてきてくれて、きよちゃんといっしょに、亀《かめ》さんを見《み》つめました。

「うちの池《いけ》にいた亀《かめ》さんにまちがいないわ。きよちゃんが帰《かえ》ってきてくれたのをしって、出《で》てきてくれたのよね」

そういうと、お皿《さら》にご飯《はん》をのせてきて、亀《かめ》さんの前《まえ》へおいてくれました。

「亀《かめ》さん、元気《げんき》で待《ま》っていてくれたのね。よかった。ありがとう」

と、きよちゃんの声《こえ》がぬれていました。

「亀《かめ》さん、神社《じんじゃ》を、神様《かみさま》をまもってくれてありがとう」

きよちゃんにつづいてのお母《かあ》さんの言葉《ことば》です。

それからは毎日夕方《まいにちゆうがた》になると、バッタバッタと姿《すがた》を見《み》せてくれる亀《かめ》さんでした。

閉《へい》会《かい》式《しき》

水泳大会《すいえいたいかい》の全種目《ぜんしゅもく》が終《お》わりました。閉会式《へいかいしき》のあいさつは、副校長《ふくこうちょう》の山《やま》姥銀子先生《うばぎんこせんせい》です。

「今日《きょう》はお天気《てんき》にもめぐまれ、ほんとうにすばらしい水泳大会《すいえいたいかい》でした。どの種目《しゅもく》も、日《ひ》ごろの練習《れんしゅう》の成果《せいか》がよくわかりました。みんながんばりましたね。

記録《きろく》が注目《ちゅうもく》されていた川流《かわなが》れ競争《きょうそう》では、おしくも新記録《しんきろく》は出《で》ませんでしたが、見《み》ごたえがありました。今回《こんかい》は優秀《ゆうしゅう》なうかび方《かた》の生徒《せいと》に特別賞《とくべつしょう》が出《で》ました。伝統《でんとう》があって、しかも、だれでも参加《さんか》しやすい種目《しゅもく》ですから、これからも練習《れんしゅう》をつんでください」

「一平《いっぺい》くん、記録《きろく》、ざんねんだったわね」

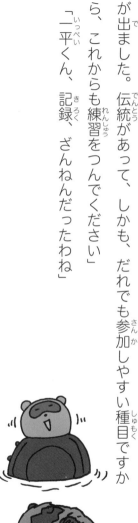

と魔女《まじょ》のまじょ子《こ》がいうと、

「ほんとだね。すごくはやかったのにな。さすが河童《かっぱ》だよ」

と、アズキトギショキショキもいいました。

「えへへ。つぎはぜったい新記録《しんきろく》を出《だ》すぞ」

と一平《いっぺい》がこたえました。

「宝探《たからさが》しでは、淵《ふち》の底《そこ》までもぐれない生徒《せいと》もいましたね。でも挑戦《ちょうせん》するのはりっぱなことです。龍神様《りゅうじんさま》の淵《ふち》でおこなわれる競技《きょうぎ》ですから、参加者《さんかしゃ》はみんな、龍神様《りゅうじんさま》のパワーをいた

だいて、一年間元気《ねんかんげんき》にすごせることでしょう。
シンクロナイズド・スイミングは、わりと新《あたら》しい種目《しゅもく》ですが、毎年楽《まいとしたの》しみにしていますよ。どのチームも泳《およ》ぎがじょうずでしたし、タイミングもよくあっていましたね。ちょっと表情《ひょうじょう》によゆうがない生徒《せいと》もいたようですが、全体《ぜんたい》として、とてもいい演技《えんぎ》でした。わたしももっとわかかったら、やってみたいと思《おも》ったくらいです」

「銀子先生《ぎんこせんせい》のシンクロって、すごく迫力《はくりょく》あり

そうね」
マーメイドちゃんが幽麗華《ゆうれいか》にささやきました。
「見《み》てみたいような、見《み》るのがこわいようで……」

山姥先生《やまうばせんせい》はそっちにちらっと目《め》をやって、話《はなし》をつづけます。
「逆流《ぎゃくりゅう》スピード競泳《きょうえい》は、毎年熱戦《まいとしねっせん》がくりひろげられます。今年《ことし》も、どの生徒《せいと》も力強《ちからづよ》い泳《およ》ぎで、手《て》に汗《あせ》にぎるレースでした。おうえんもりあがりましたね。

　みんなそれぞれに、いろいろな思《おも》い出《で》ができたことでしょう。今後《こんご》も、安全《あんぜん》に気《き》をつけて水《みず》に親《した》しんでください。水《みず》のめぐみに感謝《かんしゃ》することも、わすれてはいけませんよ。

　これで、今日《きょう》の水泳大会《すいえいたいかい》は終了《しゅうりょう》です。このあとはこうれいの花火大会《はなびたいかい》です。くふうをこらした新《あたら》しい花火《はなび》がいくつもあがるそうですから、楽《たの》しみですね」

パチパチパチ、と、ひときわ大《おお》きな拍手《はくしゅ》がわきおこりました。
ドーン　ドーン
オウマ川《がわ》の空《そら》に、大《おお》きな花火《はなび》がつぎつぎと、あざやかな光《ひかり》の花《はな》をさかせはじめました。

ドーン

解説《かいせつ》

常光《つねみつ》　徹《とおる》

　みなさん、こんばんは。今夜《こんや》の授業《じゅぎょう》はどうでしたか。妖怪《ようかい》も人間《にんげん》も水《みず》なしでは生《い》きてはゆけません。水《みず》はわたしたちにはかりしれない恵《めぐ》みをあたえてくれます。しかし、ひとたび荒《あ》れくるえば、大《おお》きな被害《ひがい》をもたらす存在《そんざい》でもあります。水《みず》についてしることは、ゆたかな生活《せいかつ》をいとなむ上《うえ》でとても大切《たいせつ》です。

　今日《きょう》は、待《ま》ちに待《ま》った水泳大会《すいえいたいかい》。**「開会式《かいかいしき》」**の前《まえ》から、オウマ川《がわ》の両岸《りょうがん》には、おおぜいの卒業生《そつぎょうせい》や父母《ふぼ》たちがおうえんにかけつけてきました。全員《ぜんいん》で龍神様《りゅうじんさま》に祈《いの》りをささげたあと、らいひんの海坊主《うみぼうず》つるりＰＴＡ《ピーティーエー》会長《かいちょう》のあいさつが終《お》われば、さあ競技《きょうぎ》のはじまりです。

　１時間目《じかんめ》の**「河原《かわら》の足音《あしおと》」**は、連休《れんきゅう》を利用《りよう》して川釣《かわづ》りに行《い》った男《おとこ》が、夜中《よなか》に耳《みみ》にした足音《あしおと》のおかげで、洪水《こうずい》の危険《きけん》をまぬがれた話《はなし》です。ぶきみな足音《あしおと》は、災害《さいがい》をしらせる予兆《よちょう》だったのでしょうか。釣《つ》りをつづけていたら、鉄砲水《てっぽうみず》にのまれていたかもしれません。**「浅瀬《あさせ》の洗濯女《せんたくおんな》」**も、教会《きょうかい》で発生《はっせい》した大事故《だいじこ》の前兆《ぜんちょう》にまつわるできごとです。十六人《にん》の犠牲者《ぎせいしゃ》は、仕事帰《しごとがえ》りのデイジーが目撃《もくげき》した血《ち》まみれの洗濯物《せんたくもの》の数《かず》と一致《いっち》していました。大惨事《だいさんじ》でしたが、それでも、デイジーが生《しょう》がいの伴侶《はんりょ》とむすばれる結末《けつまつ》にほっとします。

休《やす》み時間《じかん》は**「水泳大会《すいえいたいかい》」**の競技種目《きょうぎしゅもく》の紹介《しょうかい》です。龍神淵宝探《りゅうじんぶちたからさが》し、逆流《ぎゃくりゅう》スピード競泳《きょうえい》など、オウマガドキ学園《がくえん》ならではのユニークな種目《しゅもく》できそいあいます。

2時間目《じかんめ》の**「鯉《こい》の恋《こい》」**は、池《いけ》の鯉《こい》が飼《か》い主《ぬし》の男《おとこ》に恋《こい》をした話《はなし》です。ともえの一方的《いっぽうてき》な思《おも》いが、魚《さかな》と人《ひと》という関係《かんけい》をこえたとき悲劇《ひげき》がはじまりました。ところで、大水《おおみず》にのまれた内介《ないすけ》は、ともえのすむ世界《せかい》で夫婦《ふうふ》になったのでしょうか。**「バラ色《いろ》の水《みず》の泉《いずみ》」**は、奇跡《きせき》の水《みず》をもとめて旅《たび》に出《で》た三人《にん》の息子《むすこ》たちの物語《ものがたり》です。女《おんな》の教《おし》えに謙虚《けんきょ》に耳《みみ》をかたむけた末《すえ》の息子《むすこ》だけが、バラ色《いろ》の水《みず》を手《て》に入《い》れて父《ちち》をよみがえらせました。日本《にほん》にも三人兄弟《にんきょうだい》や三姉妹《しまい》が登場《とうじょう》する昔話《むかしばなし》が伝承《でんしょう》されていますが、やはり、末《すえ》っ子《こ》が活躍《かつやく》する場合《ばあい》が多《おお》いようです。

3時間目《じかんめ》の「**浪小僧《なみこぞう》**」は、海《うみ》にすむとても小《ちい》さな小僧《こぞう》の話《はなし》。浪小僧《なみこぞう》を助《たす》けたお礼《れい》に雨《あめ》をふらせてくれただけでなく、予知《よち》の方法《ほうほう》まで教《おし》えてくれました。かつては、天気《てんき》の変化《へんか》を判断《はんだん》するのは長年《ながねん》の経験《けいけん》といいつたえでした。この話《はなし》には、晴雨《せいう》の民俗知識《みんぞくちしき》をつたえる意味《いみ》もこめられているのでしょう。「**嵐《あらし》の夜《よ》の渡《わた》し**」では、トーマスじいさんの勇気《ゆうき》ある行動《こうどう》が、思《おも》いもかけない富《とみ》をもたらします。嵐《あらし》の中《なか》でこまっている人《ひと》をなんとかわたしてあげたいというじいさんのひたむきな心《こころ》にすくわれたのは、一年《ねん》ぶりにお屋敷《やしき》に帰《かえ》るだんなの霊《れい》でした。

4時間目《じかんめ》の「**黒《くろ》いへび**」には、草花《くさばな》に水《みず》をやりながらたおれたばあばの無念《むねん》の気持《きも》ちがかたられています。水《みず》やりをきらさないで、という思《おも》いが黒《くろ》いへびとなってうったえていたのでしょう。その思《おも》いをくみとった彰《あきら》とぼくの心《こころ》がとどいたとき、ばあばの意識《いしき》がもどったのでした。「**クモ淵《ぶち》**」では、釣《つ》り好《ず》きの男《おとこ》が水中《すいちゅう》からあらわれたクモに命《いのち》をねらわれます。もし、糸《いと》をうつしかえていなかったら、と想像《そうぞう》するとぞっとします。淵《ふち》の主《ぬし》をクモだとかたる伝説《でんせつ》は各地《かくち》にありますが、クモがなぜ水界《すいかい》とむすびつくのでしょうか。なんだかふしぎな気《き》がします。

給食《きゅうしょく》の時間《じかん》の**「小《ちい》さなひき臼《うす》」**は、マリーがもらったふしぎなひき臼《うす》の話《はなし》です。のぞむだけの食糧《しょくりょう》が出《で》てくる臼《うす》ですが、母親《ははおや》がとめ方《かた》をしらなかったばかりに、とめどもなくあふれでて大《だい》こんらん。類話《るいわ》は世界的《せかいてき》に分布《ぶんぷ》し、わが国《くに》でも海水《かいすい》がからいわけを説《と》く「塩吹《しおふ》き臼《うす》」の昔話《むかしばなし》としてしられています。

5時間目《じかんめ》の**「オイコシ」**では、川《かわ》で遊《あそ》ぶ小学生《しょうがくせい》の兄弟《きょうだい》が対岸《たいがん》にあらわれた妖怪《ようかい》にねらわれます。姿《すがた》だけでなく声《こえ》まで大《おお》きくなってせまってくるのは、なんともぶきみです。はたして、ふたりはにげきれたのでしょうか。ぶじに東京《とうきょう》の家《いえ》に帰《かえ》りつけばよいのですが。**「ヴォル・ポチャク」**は、おさなくして死《し》んだ子《こ》どもの霊《れい》をめぐる話《はなし》です。ボートにしがみつく女《おんな》の子《こ》(ヴォル・ポチャク)の手《て》をはらいのけることができなかったのは、おなじ幼子《おさなご》をもつ父親《ちちおや》のあわれみの心《こころ》からでした。翌日《よくじつ》の罠《わな》にかかっていた獲物《えもの》は、父親《ちちおや》の気持《きも》ちに対《たい》するお礼《れい》だったのでしょう。

6時間目《じかんめ》の**「池《いけ》のまわりにさいた百合《ゆり》」**には、戦《いくさ》がもたらすむごさや悲《かな》しみがえがかれています。人《ひと》と人《ひと》とが戦《たたか》い、傷《きず》つけあうことのおろかさと平和《へいわ》の大切《たいせつ》さを、いつまでもわすれないように、百合《ゆり》の花《はな》は季節《きせつ》をさだめてさくのでしょう。**「のんのきよちゃんとお池《いけ》の亀《かめ》さん」**は、少女《しょうじょ》と亀《かめ》の物語《ものがたり》です。戦争《せんそう》でやけつくされた境内《けいだい》の草《くさ》むらで、九年《ねん》ぶりに姿《すがた》をあらわした亀《かめ》との再会《さいかい》は感動的《かんどうてき》でした。でも、戦争《せんそう》がなかったら、緑《みどり》の森《もり》の中《なか》で、きよちゃんと亀《かめ》は楽《たの》しい時間《じかん》をすごしていたにちがいありません。

「閉会式《へいかいしき》」は山姥銀子《やまうばぎんこ》先生《せんせい》のお話《はなし》。生徒《せいと》たちの手《て》に汗《あせ》にぎる熱戦《ねっせん》に、先生《せんせい》もまんぞくだったようです。いつものきびしい表情《ひょうじょう》は影《かげ》をひそめ、にこにこ顔《がお》で全員《ぜんいん》の健闘《けんとう》をたたえました。水泳大会《すいえいたいかい》のあとはこうれいの花火大会《はなびたいかい》です。夜空《よぞら》にひろがる光《ひかり》の競演《きょうえん》に歓声《かんせい》があがりました。

怪談オウマガドキ学園編集委員会
常光 徹(責任編集) 岩倉千春
高津美保子 米屋陽一

協力
日本民話の会

怪談オウマガドキ学園
18 真夏の夜の水泳大会

2016年 6 月10日 第1刷発行
2018年10月15日 第3刷発行

怪談オウマガドキ学園編集委員会・責任編集 ■ 常光 徹
絵・デザイン ■ 村田桃香(京田クリエーション)
絵 ■ かとうくみこ 山﨑克己
写真 ■ 岡倉禎志

発行所 株式会社童心社
〒112-0011 東京都文京区千石4-6-6
03-5976-4181(代表) 03-5976-4402(編集)
印刷 株式会社光陽メディア
製本 株式会社難波製本

Published by DOSHINSHA Printed in Japan
ISBN978-4-494-01726-3 NDC913 158p 17.9×12.9cm
https://www.doshinsha.co.jp/

怪談《かいだん》オウマガドキ学園《がくえん》シリーズ

迷路《めいろ》 ○